THE
GUARDIAN

保 镖 —————— 海飞 著

浙江文艺出版社
Zhejiang Literature & Art Publishing House

图书在版编目(CIP)数据

保镖 / 海飞著. -- 杭州 : 浙江文艺出版社, 2025.
7. -- ISBN 978-7-5339-7997-3

Ⅰ. I247.5

中国国家版本馆CIP数据核字第2025709FZ7号

策划统筹	王晓乐	**责任印制**	吴春娟
责任编辑	许龚燕	**封面设计**	吕翡翠
责任校对	许红梅	**营销编辑**	詹雯婷

保镖

海飞 著

出版发行	浙江文艺出版社
地　　址	杭州市环城北路177号
邮　　编	310003
电　　话	0571-85176953(总编办)
	0571-85152727(市场部)
制　　版	浙江新华图文制作有限公司
印　　刷	浙江新华数码印务有限公司
开　　本	787毫米×1092毫米　1/32
字　　数	111千字
印　　张	6.375
插　　页	6
版　　次	2025年7月第1版
印　　次	2025年7月第1次印刷
书　　号	ISBN 978-7-5339-7997-3
定　　价	58.00元

目 录

第壹弹：保镖

0

我这一生中，最早记住的一个日本人的名字是叫大山勇夫。

民国二十六年也就是1937年的8月9日，下午五点钟光景，有消息从虹桥机场那边传来，说是保安团在机场门口开枪打死两个日本人，其中一个就是大山勇夫。两人那时是想开车硬闯虹桥机场，保安团鸣枪警告无效，于是免费送给他们几颗子弹。大山勇夫和他的同伴，在噼里啪啦的枪声中，像两只胡乱扔在机场水泥地上破烂的皮水袋。

那一年我十六岁，夏天到来时，有一粒喉结开始光顾我的脖子。剃刀金粗鲁地摸了它一把，不怀好意地说，你小子很快就是一个男人了。这时候知了的叫声响彻了上海近郊我居住的朱家库村，就在知了突然哑了声的那一刻，村子安静得像死去一般。祠堂门口的几条流浪狗有气无力地趴下身去，我想，皮水袋一样的大山勇夫一定是在这个时候死于非命的。

但我要同你讲的是，大山勇夫并不是死在上海保安团的手里，打死他的是郭团长的部下。而郭团长其实也不是保安团的团长，他刚从苏州调防赶过来，手下那支部队的番号是第二师补充旅第二团。那是国军第一批德械装备的部队。

至于郭团长他们为什么要偷偷换上保安团的服装深夜进驻虹桥机场，听讲书上是这样说的：民国二十一年的淞沪抗战，中日双方签订协议，上海城及周边地区是不好驻扎中方正规化部队的，可以保留的仅有保安团和警察。但就在一个月前，卢沟桥事变爆发了，上海的局势骤然紧张得像一只随时会爆的火药桶。是张治中将军向蒋委员长提议，说虹桥机场战略地位极其重要，需要赶紧派正规部队日夜守护……

正是两军虎视眈眈之际，国军的任何风吹草动都逃不过日本人的情报眼。后来的事实证明，大山勇夫就是一个短命而晦气的特务。而国民政府的情报系统也在随后获悉，日方已经成立一支暗杀小组，他们想要尽快闪电式地弄死郭团长。

我晓得的，那时候的上海一刻也不肯安宁。一场暴雨铺天盖地地浇了下来，那个叫陈陌生的后生哥，就是在这时候突然出现在上海南站的。

1

黑皮火车在绵密的雨阵中哐当一声启动时，站台上的两伙人正要动起手来。但还没等最后一节车厢离开上海南站，趴在车窗口的旅客就看到宋威廉和他的那帮手下已经全被打翻在地。一个叫万金油的男人在滂沱大雨里抬起皮鞋，一脚踩在宋威廉的半张脸上，宋威廉的脸随即歪了。万金油转过头来，隔着密密的雨阵望着陈陌生。

陈陌生站在贵良撑起的那把巨大的黑色雨伞下，他的嘴里叼着一支刚刚点起来的雪茄。雪茄有一个充满爱意而又伤感的名字，叫作"罗密欧与朱丽叶"，来自古巴一个叫哈瓦那的地方。这种来自异国的升腾的烟雾，让陈陌生的脸看上去有些不太真实。陈陌生在连续抽了五口雪茄后，很淡地对着一片烟雾说，切！

这时候少年丽春的食指不由自主地抖了一下，他感觉自己是站在一场被雨淋湿的梦里。就在几分钟前，宋威廉的那帮手下将他围住时，他还听见宋威廉说，丽春今天我非要你一根手指头。现在看来，被要去手指头的却是宋威廉自己。

在陈陌生吐出的烟雾里，万金油捋了一把被雨浇透的头发，对宋威廉说，宋老板，我家少爷要借你的一根手指头，你等会喊疼的时候声音轻点。宋威廉的脸被踩在万金油的脚下，像一只歪歪扭扭的皮球。他在暴出的七颗牙齿间吃力地迸出两个字，你敢?! 万金油大笑起来，说，要是不切你的手指头，那你以后还会动不动就要别人的手指头，对吧?

万金油拔出腰间的那把短刀时，雨开始下得变本加厉了，刀光在雨点中将丽春的眼睛晃得生疼。但他仍清楚地看到不远处的墙角，宋威廉养的那条四眼狗望着闪亮的刀光一阵惊恐，呜咽着往后退了两步……

尖厉而悠长的惨叫声响起时，陈陌生站在那把黑伞下无声地笑了，雪茄头上很长的一截白灰终于在微风中温和地掉落下来。

假如让时间倒退二十分钟，那么丽春就正好挤在火车南站的人群里，神鬼不知地解开郭走丢坤包的拉链。他的两根手指像是认得路，瞬间就夹走了郭走丢的一个粉红色巴宝莉皮夹。那时他或许闻到了法国香水，还有澳洲绵羊皮柔软的气息，但他肯定没有想到，这一切都没能逃过贼王宋威廉的一双三角眼。

宋威廉牵着一条得意扬扬的四眼狗，正捧起一个丰盈的水蜜桃，啃得十分认真。他想这来自浙江奉化蒋委员长老家的水蜜桃，怎么就甜得那么不讲道理。然后他吹了一声尖厉的口哨，就有五六个人在四眼狗的狂吠声里朝着丽春扑去。

这时，从杭州晃荡着开过来的那列黑皮火车刚刚停下。甲等车厢的车门打开时，陈陌生雪白的衬衫便在人群里异常显眼。他太像一个少爷了，在万金油、贵良和花狸的簇拥下走下火车的时候，他抬头望了望天，死样怪气的天色让他把眉头锁了起来。他感觉这鬼天气闷热得快要发疯，只要划上一根火柴，就能把空气给点燃了。爱出汗的随从花狸似乎刚从水里捞起来一样，每走一步，裤管就会洒下几滴水珠。这时候，宋威廉的狗又不合时宜地吼叫了两声，在它太监一样的叫声中，天空顷刻间电闪雷鸣，大雨如注。

突如其来的大雨里，丽春被宋威廉的人追得抱头鼠窜，他恨不得多长一条腿，也很后悔当初没有听剃刀金的劝。剃刀金说南站是贼王宋威廉的地盘，你把那双手分分秒秒留在裤兜里，什么也别碰，最好连心思也不要动。眼看着就要被追到了，丽春手脚并用，很快爬上了那根湿滑的电线杆。这让陈陌生十分吃惊，他看着杆顶上这个蜻蜓一般的少年，觉得这家伙的身手简直比壁虎还要结棍。

宋威廉绕着那根木头电线杆来回走动，他慢条斯理地说，我看你这个小瘪三能在上面待到几时。要么你永远别下来，你要是下来那我一定剁了你的手指。

少年丽春一手紧抱着电线杆，一手擦去满脸的雨水。他的目光望向铁轨远去的方向，在1937年这个闷热的夏天，他突然觉得自己的心一下子像一座被搬空了的宫殿。

郭走丢是最后一个跌跌撞撞地赶到电线杆前的。她将白色花边的红雨伞高高地扬起，对宋威廉说，你让他好下来了；又扭转脖子抬头对丽春说，你下来，没你事了。

宋威廉将脑袋挤进郭走丢的伞里，他的身体潮得像一根水中的豆芽。他说，我记得他偷的是你的皮夹，你为什么还要替他说话？

是钞票重要还是性命重要？丽春看见郭走丢瞪了一眼宋威廉，再次抬起了头说，你下来。

陈陌生慢条斯理地在伞下抽了一会儿雪茄。大雨里给他撑伞的贵良摊开另一只手掌说，少爷你的烟灰掉这里。宋老板说这是他的地盘，咱可别给人家弄脏了。

宋威廉凸起两颗诧异的眼珠子，又听见陈陌生嘱咐一个男人说，你赶快给宋老板递一支雪茄过去！

万金油从随身的包里掏出一根"罗密欧与朱丽叶"就要给宋威廉送去时，郭走丢好像看见宋威廉往后退了一步，也有可能是两步。她又望了一眼陈陌生，突然觉得这个年轻男人的眼睛像两口深不可测的井。

要是能把这小瘪三摔死，那是顶好了。宋威廉说，但我照样会剁了他的手指。

陈陌生终于抬起了头，他看着空中的丽春，笑了一下，向丽春点点头，轻声说，没人敢动你的手指。杆子上的丽春随即唰的一声滑了下来，他又听到陈陌生的声音穿过雨阵传了过来，说你把皮夹还给人家。

那天丽春把皮夹还给了郭走丢，并且向她深深地鞠了一躬。郭走丢后来仔细看着落汤鸡一样的丽春，想了想，就将皮夹里的钞票全都给了他。这是一个普通的下午，谁都没有想到，几分钟后，还没等到那列黑皮火车的最后一节车厢离开上海南站，宋威廉和他的一众手下就全被打翻在地，像一群在岸上翻晒着的咸鱼。万金油手中的短刀麻利而干脆地划过去时，丽春记得，在宋威廉杀猪一样的哀号声里，雨突然就停了。然后陈陌生走出那片伞底，抬头望了一眼天空，伸出去的手什么也没接住。

2

我就是丽春。我记得那天的后来，宋威廉那条叫不出名的四眼狗啪嗒啪嗒舔着地上的一摊血，它身边安静地躺着主人刚被切下的一根手指头。然后陈陌生细细地笑了起来，让我看见他一口清爽的牙。他说丽春你跟我走。

隔着站台低洼处的积水，我将一声不响的花狸、贵良，还有万金油，全都看了一眼。然后陈陌生就带着我们一路走向出口处，不紧不慢的。所以郭走丢后来才能追到陈陌生跟前说，喂，你是谁？她这样一共问了三次。最后一次她说你是不是聋了？你怎么可以切人家的手指头？

但陈陌生一直没有理她，等到要离开站台时，他才好奇地望了一眼郭走丢，笑容轻微地说，我是谁并不重要。

郭走丢说，那什么是重要的？

重要的事，就是离上海远点，越远越好。

陈陌生说完看了我一眼。我忙对郭走丢又鞠了一躬，说对不起冒犯了，谢谢你的钞票。后会有期！可是郭小姐却提着雨伞指着陈陌生的背影说，你去同他讲，有种以后别让我在上海碰见他。

我也不禁笑了一下，说，不瞒你说，其实我也不认得他，但我决定以后叫他哥。

3

花狸一把抓住丽春，将他扯起后一路疾风骤雨地来到南站的站前路上，嘴里说哪来那么多的废话。花狸拖着丽春就像拖着一包廉价的行李，所以身上出了更多的汗，臭味快要把丽春给熏死了。

陈陌生头也不回地上了一辆篷车，那辆车仿佛是从天而降的。将车子发动起来的是贵良。丽春走到车窗下，踮起脚尖说，哥你这是要带我去哪里？花狸拍了一下他的后脑勺，说，上车，还是那么多的废话。

花狸有没有拍我的后脑勺，我是不怎么记得清楚了。你晓得那个夏天，要记的事情实在太多。不过许多年以后，有一点我倒是记得清楚，就在几天前，我哥陈陌生还在南京城里，他那时是被人蒙上头套，送到了洪公祠1号的力行社特务处。力行社特务处就是军统局的前身，处长姓戴，就是你们后来都晓得的那个戴先生，戴老板。

那天，被蒙上头套的陈陌生听见身后的草织垫子上响起窸窣的脚步声，缓慢而细微。然后就有一个声音传了过来：公然放走共党分子，知不知道该怎么处置？

陈陌生在话音里像弹簧一样站直身子，他知道处长此时已经走到自己的右前方。还没等他答话，处长便哗啦一声将他那副头套一把扯下，让他瞬间淹没在从窗口涌进来的那堆耀武扬威的光线里。

风将暗紫色的窗帘吹起，过了很久，戴处长才从裤兜内掏出一块手帕，轻轻盖上自己的鼻梁，也似乎是要将屋里所有的气息都盖住。自鸣钟敲响时，陈陌生再次望见南京城那片熟悉的夕阳，温暖、忧伤。他记得就在一个多钟头前的乌衣巷里，他带领手下最终将那名女共党逼到了一个无路可逃的巷尾。四周灌满了风，很快就吹干她额头处那些细密的汗珠。陈陌生第一个冲到女人的面前，女人抱在怀里的孩子满脸通红，正在瑟瑟发抖。陈陌生记住了这个女人的眼神，镇定、散淡、坚决，这让他想起了湖南东安老家嫂子临死前紧紧抱着孩子的情景。她叫文秀，是哥哥陈蓬莱的妻子，一个生长在教书匠家里的文静女孩。陈陌生后来高高举起右手，朝天连放了三枪，那枪声过后不久，许多特工才气喘吁吁地赶到。他们喘气的样子，像一些东倒西歪被风吹斜了的玉米秆子。在他们粗重得如同抽风箱一般的呼吸声中，陈陌生平静地说，收队。

陈陌生后来被关进了黑屋，戴老板曾经站在办公室半明半暗的光线里对他讲，你私放共党嫌犯，是有你的同事举报了，他分明看到你朝天开了三枪，并让那个女共党离开。我告诉你这些是想说，千万不要相信身边的任何一个人，包括我。陈陌生露出了一排白牙，他笑了，说，你说的这个道理我一直都很明白，但是抓那个女人我下不了手，我想起了我嫂子。戴老板就说，那你必须得为此付出代价。陈陌生又笑了，说，最大的代价，无非就是个死。那时候戴老板很久都没有说话，风一阵一阵地把半明半暗的光线给吹皱了。最后戴老板说，陈兄很固执，和你兄长陈蓬莱太像了。

现在，陈陌生再次站在了戴老板的面前。除非是将功赎罪，不然我现在就可以毙了你。两人对视了很久以后，戴处长终于这样说。陈陌生没有作声，而是又无声地笑了，露出一口白牙。他看到戴处长转身将那块暗紫色的窗帘重新拉拢。

黄昏到来时，一辆防弹轿车载着陈陌生来到了玄武湖中的水上机场。一个钟头后，戴老板的专机便在杭州笕桥机场缓缓降落。走下舷梯的那一刻，陈陌生将戴老板亲笔签名的一份介绍公函收进了公文包里。他看见戴老板停下脚步，面对着眼前无尽的夜色，像是意犹未尽地说了一句，可惜了党国的这一派太平美景。

那天站在飞机的舷梯下，陈陌生抬头看了看越来越黑的夜色，以及机舱口穿着中山装的戴老板。戴老板后来转身进了机舱，站在陈陌生身边来接他的一名中尉军官轻声说，走吧。于是陈陌生上了一辆军用吉普，在引导车的带领下，车子无声地滑进了笕桥机场橘黄色的温暖的灯光中。少顷，陈陌生看到戴处长的专机升向了天空，一头冲进无尽的夜色中，像是被黑夜给吞没了似的。

当晚，杭州城郊外的五十五师营房里，等候多时的贵良、花狸和万金油三人看见陈陌生顶着两片少校肩章腰杆笔挺地走了进来。陈陌生整了整簇新的军装，说，我姓陈，刚从南京调过来，你们三个明天跟我去上海出任务。

4

1937年的8月10日，黄昏正在进行中。这时候的陈陌生刚到上海，坐上了一辆篷车。车子在南站的站前路上走了没多久，贵良就突然踩了一个急刹车，让全身湿透的丽春一头撞在了花狸的膝盖上。陈陌生扭头看了一眼贵良，贵良便打开车门，战战兢兢地跳到了地上。贵良不会忘记，那时在他眼前站起的是一个披麻戴孝的女人，腰间扎了一根草绳。车子应该没有撞到她，或许是她自己眼前一黑，脚底一软，烂泥一样瘫倒在了地上。

丽春在车厢后排看到了这个女人，他喊了一声桃姐，但那女人根本没有听见。丽春走出车厢，又喊了一声桃姐时，她才像从大梦里突然被惊醒一般，轻飘的身子摇晃起来，那样子，仿佛她是死人出殡时飘舞在风中的一串纸钱。

丽春后来掏出郭小姐留给他的那沓钞票，抽出一半说，桃姐你拿着。但桃姐跟没有魂似的，缩起身子往后退了两步。丽春说，桃姐你怎么回事啊？这不是给你的，是给我金桂哥的。

丽春说完，两滴眼泪就滚落了下来。他又说，桃姐你听清楚没，我这钞票是给金桂哥的。

　　陈陌生在车厢里一声不响，看上去他像是睡着了，又好像是微眯着眼，仿佛一切跟他是不搭界的。贵良又将汽车发动起来的时候，花狸抬手把我拽进了车厢，我回头看着桃姐丢了魂似的身影越来越小。花狸后来推了推我，说什么事这么伤心？我低头咬着牙说，他妈的，我兄弟金桂哥前两天被人害死了，身上中了六刀，每刀都致命。

　　我这么说着时，车子就开到了弱教路上漕河泾监狱的门口，贵良和万金油好奇地盯着门口那几个卫兵。我擦干泪，指着眼前的一大排牢房告诉他们说，看见没，这一大片以前都是我们的农田，他妈的就因为城里的土地贵，所以这江苏省第二监狱就建到这里了。一座鬼城，晦气死了！

我后来想起前一年的夏天，金桂哥意气风发地出狱时，桃姐装了一篮子热腾腾的肉包子，她说金桂肯定饿坏了。然后一批绿头大苍蝇就飞了过来，围着桃姐的包子嘤嘤嗡嗡，我脱了褂子一阵挥舞。等到金桂哥从里头出来时，我看见他同我一样光着个膀子，只留了个短裤头。

他仰起脸来，对着天上一朵刚刚飘过的白云说，嘿嘿，我剃刀金又重见天日了。我那时想，哥你是够黑的。

桃姐望着金桂哥那条磨破了三个大洞的短裤，脸上像是升起一阵红晕，她说，还是没个正经。

金桂哥就回头望了一眼监狱，说，这鬼城里，人只有死了才会变正经。

但这才过了一年，金桂哥就离奇地死了。而且，这事还多少同我有点关系。

陈陌生在那天的后来问我，丽春，你姓什么？我回头指指远处那个渺小的村庄说，哥，我姓朱，那里就是我们的朱家库村。万金油扯了扯我身上快要被风吹干的短褂，说，记住了，以后不能叫哥，得叫陈参谋。

　　我很认真地望向万金油，目光越过他的肩膀，看见黄昏已经离我们不远了。

5

　　贵良将车子开进虹桥机场时，夜幕刚刚降临。

　　陈陌生领着一行四人走进郭庆同的办公室，看见郭团长正朝嘴里送一块他最喜欢吃的红烧肉，两片嘴皮油光光的。等到郭团长将大碗里的米饭全部扒进了肚里，又解开亚麻布衬衫的第二颗扣子时，陈陌生才将那份戴老板亲笔签名的调令摊开来给他送了过去。

　　郭团长只是往调令上瞟了一眼，就抖起那页纸，两眼并不望着陈陌生说，陈参谋，你是因为年轻，所以才不怕死吗？陈陌生说，我最怕的是我爹娘死。

　　你爹娘在哪儿？

湖南东安，替我哥哥带着孩子呢。陈陌生的身子微微前倾，又轻声说，以后，他们还会替我带孩子。

那你赶紧回湖南老家生孩子，晚了怕要来不及了。红光满面的郭团长又夹起了一块红烧肉，他边咬着红烧肉，边大笑着说，送客！

还早得很呢。陈陌生仍然微微前倾，只是又走上一步说，等郭团长守住机场，又拿下虹口区的日军司令部，我再请团长当媒人吃喜酒。

郭庆同抬头，一双小眼睛直直地望向陈陌生，很久后才说出一句，你小子，哪里像是个参谋的样子。

陈陌生将一支牙签给他递了过去，声音这回放得更低，说，团长更不像是保安团的团长。

郭庆同举起桌上的两瓶青岛啤酒，顶着桌角啪的一声撬开，扔掉瓶盖说，陈参谋，既然如此，那就先吃一口保安团的酒。

陈陌生按下团长手中泡沫喷涌的啤酒，闻着啤酒中荡漾着的麦香，仿佛看到了成片金黄色的海浪一般的麦田。陈陌生说，我等郭团长打下日军司令部的庆功酒。

郭庆同将啤酒放下，一把推开面前的粗瓷大碗说，一定会是一场大战！

事实上，郭庆同也是刚刚来到上海。他是两天前接到命令从苏州开拔过来的，长途急行军，手下带了全副德械装备的一个正规团，也像极了成片海浪一般的麦田。

6

丽春怎么也没想到，他竟然成了陈陌生手下的一名保镖。他没有当过一天兵，陈陌生却给他的保安团制服夹上两片肩章说，丽春你现在是个少尉了。丽春问，少尉是一个多大的官？陈陌生说，反正宋威廉这辈子不敢动你了。

丽春后来挺直了腰板，说去他的宋威廉，哥你明天把他的地盘拿下，我替你看着。花狸拍了一下丽春的后脑勺，说，叫陈参谋。

丽春转头看着花狸满脸的络腮胡，擦擦自己的肩章，有点不屑地说，你怎么看也不像是个军人。花狸抹了一把汗，嘿嘿笑着说，你说对了，我就是一伙夫。然后他两个食指嗒嗒嗒嗒敲在桌沿上说，我来给团长和陈参谋买菜汰菜切菜烧菜端菜。

陈陌生等花狸说完，就指了指郭团长那既是办公室又是卧室的屋顶，说，丽春你上去，天亮之前不用下来。丽春想，原来我这个少尉也不是白当的。所以陈陌生的话音刚落，花狸就看见丽春如同一只夜猫，噌噌几下蹿上了屋顶。丽春后来在屋顶上找到一个稳扎处，蹲在翻滚的夜色里拉长了声音说，陈参谋，这里可以吗？这时候，一架刚刚降落的飞机发出的巨大轰鸣声将他的声音掩盖了。很久以后，他才听见陈陌生的声音传了过来，丽春你下来添件衣服。

丽春望着机场助航道上那排明灭的灯火出神，他想这得要浪费多少度的电。他后来在那片更加闹猛起来的蛙声里就快要睡着了，他迷迷糊糊地张望着星空，眼前就走出了几天前死去的剃刀金。剃刀金满身是血，张开嘴巴却什么也说不出来，这让丽春恨不得将自己剪断金家衙村电线的那只手给剁了。三天前，如果不是夜里的一团漆黑，如果桃姐可以打开电灯，剃刀金那样的身手不至于被人捅了六刀，六个刀洞把他所有的血给吐光了。丽春记得桃姐拿着三条毛巾，拼命想要堵住那些洞口，可是她手忙脚乱顾此失彼。剃刀金后来望着身上兴奋涌出的血，慢慢耷拉下眼皮说，老婆，我怎么感觉越来越凉快。

从朱家库村去到金家衙村，丽春抄最近的一条路，也需要经过四段河汊。踩过那些吱呀作响的木板桥，丽春那天猫腰爬上金家衙村头顶的那根电线杆时，有几条警觉的狗开始在夜色里四处叫唤，闹猛的声音此起彼伏，仿佛村里一下子来了许多人。

瘸腿老二家每晚都在前厅里亮着一盏小灯，这完全是因为他夜尿很多。所以丽春想要在他的茶壶里下药，就得先给这一带断了电。丽春的神奇药粉是从租界的一个印度人手上买的，他表演的魔术让丽春记忆深刻。印度人捏着一个小纸包，用蹩脚的中文说，只要一勺子，洒在水里它就不见了，喝下去的人这辈子只能是哑巴了。丽春恨瘸腿老二，是因为他每天搬张凳子坐到自家门口，等桃姐走过时，就说桃姐你来我家吃花生，又说桃姐我家的杨梅熟透了，你过来帮我摘一下。瘸腿老二每次嘴里这么说着，那双贼眼就像块虎皮膏一样贴到了桃姐起伏的胸口上。他说桃姐你是不是热了，可以解开扣子透透气的呀。

丽春想，瘸腿老二你碰上我算是运气，这事要是让我哥剃刀金知道了，他非得用刮胡刀阉了你。

那天丽春毫不犹豫地剪断那根电线，收起钳子刚想要从电线杆上往下滑时，桃姐的声音就刺穿夜幕声嘶力竭地响起来。所有的狗都叫得异常凶猛，丽春在电线杆上恍惚看见几个人影，奔出桃姐家的屋子后瞬间就不见了。他想起他刚才踩上河汊上的木板桥时，脚下几条钻进水草中的鱼也是这样的惊慌。

警察局后来也来过人，他们在桃姐绵延的哭泣声里前后忙碌，对着现场又是拍照又是画粉笔。丽春一根根烟给他们递过去，听见他们说是杀人越货，一群过路贼。又赞叹说刀法不简单，上海城里难得一见，可惜只为了五块钱。丽春想，哪一行都要讲原则，像他做小偷的是从不带刀子的。只为钱不为命，平安求财。这群猖獗的贼，怎么就不讲一点规矩？所以他后来自作聪明地抓着头皮对警察说话，他说警官你觉得会不会是上门寻仇？

警察突然将手里的粉笔扔下，看了他好久才说，等你屁上的毛长齐了，我就把这案子交给你来查。

丽春说的找剃刀金寻仇的，是指剃刀金几年前犯下的一桩命案。那年的一个深夜，桃姐从火车南站回家，她不知道已经遭人跟踪。对方不仅抢了她身上的钞票，还剥了她的裤子。等她到家时，剃刀金看见她两个指甲缝里还留着未干的血。桃姐坐在床头，什么也不说，过了很久才扑簌簌地掉起了眼泪。几天后，一个男人来到剃刀金摆在街边的剃头铺。剃刀金看了一眼对方脖子上的两条抓痕，这才很仔细地将他那头乱发修剪干净。对方照了照剃刀金脸盆架上那面有一条裂缝的镜子，说，的确不错。顿了顿又说，听说你以前可以闭着眼睛给地里的冬瓜剃毛。剃刀金答，现在也可以。对方于是掏出一张钞票，说干脆连胡子一起刮了。剃刀金将钱收下，认真地举到眼前，对着那天的日头晃晃，他说这钞票我眼熟。

男人那时仰头在放倒的躺椅上，笑呵呵地说，你蛮有趣，全上海的钞票，不都印着总统先生的同一张脸吗？剃刀金等他说完，提起那把刮刀在手里掂掂，然后直接切开了他的喉管。热烘烘的血略带腥味，喷了剃刀金一脸。剃刀金笑了一下，说，你也蛮有趣。

剃刀金的确记得那张面值一元的钞票。他那天将一叠收入交给桃姐时，给每一个总统都画上了满脸的胡子。所以不用警察办案，剃刀金也知道，被自己切开喉管的肯定就是那一晚的劫匪。但警察说牢还是要坐的，反正漕河泾监狱离金桂家那么近，运气好的话，他每天早上都能听见自己家的鸡叫声。剃刀金于是站在屋檐下，十分情愿地让警察给自己戴上手铐。他对哭哭啼啼的桃姐皱了皱眉说，老婆，运气好的话，我很快就回来，家里的鸡你给喂好了。

但回来的剃刀金现在却死了，而且他的那口棺材还摆在家里。桃姐说找到凶手之前，她要一直陪着金桂。每日三餐，桃姐都吃力地推开棺材盖的一条缝，端上两碗饭菜倒上一盅酒，又摆整齐两根筷子。她说金桂你吃慢点，酒还有的，吃饱了去找凶手。

丽春这天躺在郭团长屋顶上做的梦绵长而混乱，他还看见剃刀金回到自家门口，满眼是泪，身上流不完的血啪嗒啪嗒砸在地上。丽春说，金桂哥你别站这里了，转头回去吧。这时候，丽春才听见一排急急的脚步声。等他睁开眼时，看见的是一群黑影稳稳跃上了保安团部的那段围墙，他眼都没擦一把，即刻就叫了一声，谁？！

话音未落，脚下屋里的灯全亮堂了。丽春眼睁睁看着那群黑影沿着巴掌宽的围墙一路奔去，身手十分结棍，像是踩在一池湖水上。然后，从备用房里冲出的参谋长带着几个卫兵就要追赶过去。陈陌生这时却从一片树丛的阴影里慢吞吞地走出，他撩去头顶一排黏糊糊的蜘蛛网，稀松平常地对参谋长说，不用紧张，可能是几只野猫。参谋长有点骑虎难下，他隔着夜色盯了陈陌生很久，却一言不发。丽春这才想起，参谋长姓胡。

胡参谋长回去没多久，围墙的那边就又翻上了一个黑影。丽春这回看清了，那是贵良。

贵良狠狠瞪了一眼丽春，他刚才追那群黑影给追丢了。丽春想，自己可不能再昏睡了。

陈陌生依旧站在屋外，他起初是在听取一片蛙声，到了后来才踏上脚底那段鹅卵石小径，绕过一片假山和一棵挂着果子的石榴树后，笔直走向了饭堂的后院。丽春望着他的背影，觉得陈参谋可能是肚皮饿了。

饭堂的后院里，郭庆同就躺在一张行军床上。陈陌生推门走进时，郭庆同支起身子，靠上了两天前刚刚刷过石灰水的砖墙，他说陈参谋，看来你是对的。但我郭某人怕个球。

陈陌生笑笑，说，团长平安才是对的。

这时，守在郭庆同身边的花狸转头，他看见郭团长卧室里的灯暗了下去。他知道，被陈陌生安排在卧室里的万金油此时可能再次爬上了郭团长的那张梨花木大床。花狸也想睡梨花木大床，但陈陌生说你是伙夫，你得留在饭堂。

7

8月11日的清晨，参谋长胡来福睁着一双没睡醒的鱼泡眼，在饭堂里脸色铁青地咬着一个馒头，他抱怨花狸在馒头里既不带甜又不带咸，他说吃个鸟屁，没本事就滚蛋。胡来福边走边骂，笔直走到陈陌生的那张圆桌前。他将手中的一盆米汤哐当一声扔在桌上，又低头吹了一把椅子上的灰尘。陈陌生手捏两根筷子，在那片飞扬起的灰尘里，他被胡来福的米汤溅湿了脸。他从碗口抬起头，温和地笑了，胡来福你是不是不服。

胡来福很诧异。他将那个令人扫兴的馒头扔进了米汤，说，听你这口气，倒好像你是参谋长？告诉你，你现在就给我滚蛋！

饭堂里安静了许多。花狸举着一个汤勺，围着裙兜从伙房里跑了出来。

丽春一听见说出事了，就提起裤腰带奔出了茅房。等他歪歪斜斜地冲到饭堂时，陈陌生和胡来福已经在门口的洗衣台前对上了。两人提起袖口，将身子略微蹲下，胳膊肘压上一块水泥石板后，一把抓过了对方的右手。花狸在围裙上擦擦手，看上去没什么必要地理了一把胡子，这才将两个参谋拧在一起的手掌给握住。花狸不怎么放心地看着陈陌生，一直不肯放下自己的手。陈陌生后来对他吼道，花狸你有完没完?!

胡来福很快就偷偷笑了，他看着陈陌生白净的手掌被自己的一只大手慢慢盖下，轻松愉悦地说，陈参谋，等你收拾完行李，我可以派车送你们一程。陈陌生也笑了，他说参谋长，一天刚刚开始，时间还早得很。话刚说完，丽春便看见陈陌生脚下的泥地陡然陷了下去，又有一些新鲜的土被拱起。他怀疑那下面是不是埋着一株将要破土的春笋。

这时，陈陌生叫了一声，丽春你站远点。

丽春抬头，看见胡来福的脖子上像是爬满了蚯蚓，一根根青筋胀突得几乎就要破裂。只听见咔嚓一声，连花狸也不敢相信，胡来福就抱着手腕痛苦地跌倒在了那片泥地上。胡来福的身板压住了丽春一只脚的脚背，丽春看见陈陌生轻轻拍了拍手掌，像是拍去一些灰尘似的，然后他看也没看胡来福一眼就转身离去了。丽春耳朵里灌满了胡来福憋屈的呻吟声，他小心地从胡来福的腰身下抽出自己那只被压住的脚，看见胡来福的眼里都是水汪汪的泪。

胡来福铁青着脸，在闻讯赶到的保安团卫生队队医的搀扶下咬着牙关走远。丽春后来追上陈陌生，他说，听队医讲，参谋长的手还真的是断了。陈陌生不说话。丽春又说，哥你真够狠的。

树丛中的蝉突然之间响亮地鸣叫了起来。陈陌生转头说，丽春你记住，做错事情，是需要付出代价的。

8

桃姐这天神情恍惚地来到保安团营房门口时，脚上依旧穿着一双白鞋。她将前一天披散的长发收起，在脑后绾成了一个沉重的发髻，又铺了一圈白色的粗麻布头巾。

在丽春的眼里，桃姐明显瘦了一圈。虽然比站前路上同她遇见时的样子增添了些气色，但还是少了许多往日的光泽。丽春看见桃姐手里拎的那个篮子，就知道她是刚从漕河泾监狱过来，是来给保安团送货的。他想起剃刀金那年出狱时，一路晃荡着那条磨成擦脚布般的臭气熏天的短裤，赤脚踩在田埂上胸有成竹地说，老婆，看来我们不得不发洋财了。

连丽春也不知道剃刀金在监狱里到底用了什么法术，竟然和典狱长丁磊混得很熟。有几次丁磊带着剃刀金和一帮犯人出来修路时，桃姐早就满眼期待地像望夫石一样站在了路口，然后剃刀金对着眼前自家的西瓜地摊开一片手掌，态度诚恳地邀请典狱长在空闲时带上夫人孩子一起来摘瓜。他说上海城找不出这么新鲜又比冰糖还要甜的西瓜。

典狱长看见了站在那个路口的桃姐，他觉得风已经将他和剃刀金的那番对话吹进她的耳里。当他后来走近瓜田时，发现桃姐的一张脸也是长得香甜又无比新鲜，于是就十分相信，剃刀金对自家西瓜的赞赏全都是真的。

所以剃刀金出狱时，就从典狱长的手里承揽下了监狱里头的一部分受负业。他那天带着丽春和几个小兄弟，扛着四台缝纫机又回去了监狱一趟时，丁磊已经集结起了仁字号和义字号监房里的三十多个犯人。还未等到中午，桃姐就开始带着他们学做起了千层底的布鞋和棉布袜子。中饭吃过，丁磊提着一根牙签将剃刀金拉到了一旁，向他打听起这些鞋袜的买主是上海的哪家店铺。剃刀金挡住所有犯人的视线，将一把钞票塞进典狱长的口袋里。他说丁哥你晓得的，虹桥机场那边，有一个上海保安团的守备连。

8月11日这天，桃姐在保安团营房里似乎一时难以认出突然站到自己跟前，并且穿着保安团制服的丽春少尉。她觉得这个人明明是个小偷，怎么就能突然摇身一变成了军官。许多细碎的阳光缓慢而冷静地飘浮在她眼里，丽春想，桃姐今后的时光可能会是度日如年。

丽春后来在桃姐忧郁的目光里提过她手中的那个篮子，在去往总务处的路上，他说桃姐今后你的事就是我的事。这样说着的时候，丽春眼里就浮起剃刀金一脸坏笑站在自己面前的样子，所以他的鼻头还是酸了一下。但桃姐依旧一言不发，散乱的目光偶尔盯一眼丽春肩头的少尉肩章。丽春觉得，桃姐似乎一时之间就成了个陌生人。他决定，自己今后要好好地对待桃姐。

陈陌生从那段围墙外拐进来时，身后跟着提了一个照相机的贵良。他看见了丽春便将他叫住，说是要让贵良量一量丽春的脚。等到丽春抬脚踩上贵良手中那根做了标记的竹签时，桃姐突然扑通一声跪倒在了陈陌生的跟前。这让丽春顿时慌了手脚。

9

那天郭走丢也正踩着一辆脚踏车来到保安团的门口，她远远地看见桃姐的身子一软，突然跪了下去。等到靠近时她才发现，围着桃姐束手无策的竟然就是在上海南站切了宋威廉手指头的那帮人。她听见桃姐声音哀婉地说，金桂死得很惨，你们一定要帮我查出这个案子，我以后给长官做一辈子的鞋。

作为《大美晚报》的专栏作者，郭走丢和上海的那些亭子间作家有着许多不同。她只报道发生在上海的真实案件，也从不采访那些瞎三话四的所谓目击证人。为了能接触到所有案件的当事人，郭走丢通过各种关系成了漕河泾监狱的常客。为了这个便利，典狱长丁磊没少收过她的好处费。

关于金家街村村民金桂家发生的那起离奇凶杀案，各家报馆几乎众口一词，说是一帮过路贼，行窃不成遂行凶。除此之外，郭走丢也只是知道，死者金桂在此之前在漕河泾监狱里关了三年零八个月，他是在替人刮胡子时一刀切开了人家的喉管。扑哧一声，血就顺着那个缺口咕噜咕噜往外冒。

郭走丢在这个上午拿起电话拨向丁磊的办公室时，听见丁磊在电话那头故弄玄虚地说，郭小姐的这个电话我已经等了两天。放下话筒，她裹着一阵风迫不及待地去了一趟漕河泾监狱，等到丁磊告诉她你要找的人现在已经去了虹桥机场时，她踌躇了一会，随后又裹着另一阵风离开了。此时正是义字号监舍放风的时间，一个名叫鲍三的犯人看见脚踏车上的郭走丢在匆忙间掉落了一个纸团。鲍三于是哼唱着一段不成调的曲子晃荡了过去，并且在纸团掉落的地方若无其事地停住。很长的时间里，他十分忧伤地抬头望着天空，天空飘过云一朵，又飘过云一朵，然后他叹了一口气迅捷地蹲下身去系上了那根并没有散开的鞋带。

几分钟后，回到牢房的鲍三依旧哼着那支古怪的歌曲。但他转身后，马上摊开那个纸团，只是潦草地看了一眼，便将它塞进嘴里吞了下去。

这是一个千头万绪的上午，现在，郭走丢的脚踏车在陈陌生面前停了下来。面对着眼前的陈陌生和桃姐，郭走丢一时想不出涌到嘴边的话该先说哪一句。但她却听见丽春开始絮絮叨叨，他说陈参谋，你不记得郭小姐了吗？上海南站呀。

郭走丢站在陈陌生深不可测的目光里很不自在，她觉得这个上午真是莫名其妙。对视好久以后，郭走丢笑了一下，但是她看到陈陌生却没有笑，这让郭走丢有一种吃亏的感觉。郭走丢于是也十分节约地把笑容收了回去，这时，满脸诧异的郭庆同又从营房里走了出来，郭走丢于是一个转身，头也不回地踢开脚踏车的撑腿，很快像一团胡乱的风一样消失在了保安团驻地的门口。

这天的后来，陈陌生安排贵良去了一趟上海城，他要贵良冲洗出相机里的照片，然后再跑一趟警察局。因为丽春告诉他，剃刀金出事时，办案警察在现场提取的鞋印和贵良手里那根竹签的刻度几乎一样长，而那也是丽春脚上鞋子的尺码。

贵良的照片是在围墙外拍到的。就在前一天夜里，那几个黑影潜入郭团长的住处，举起刀柄正要下手时，床上警觉的万金油一个翻身后，枪口已经对准来者。眼见行刺不成，那帮人便如潮水般迅速退到门外，并且直接翻上了围墙。那时躲在树丛下的陈陌生向身边的贵良使了一个眼色，贵良便如一只巨大的夜猫一般，噌的一声上墙，追随那些黑影而去。

贵良追了很远的一段路，最后是在一片草地上失去了目标。然后到了这个上午，他又和陈陌生一起，花了将近两个钟头，才在一块裸露的只有篮球那么大的泥地上发现了一只新鲜的鞋印。陈陌生说，就是它了，刚踩过不到半天，不是保安团发放的千层底，身高估计跟丽春差不多。

丽春后来也和花狸他们一同去看了那个鞋印，的确就像贵良说的，泥地上的脚跟部位要踩得深一点。而根据陈陌生的判断，那样的鞋底花纹应该属于一款低帮的日式军靴，鞋面是土黄色的牛皮。

可是，贵良这天离开保安团后，从此就没有了音信。

丽春记得，那天的日头一直不肯落下，整个下午漫长得像一根一再拉长的皮筋。花狸和万金油无所事事地蹲在机场外的那片草地上，将身边的野草一丛又一丛连根拔去，直到眼里落满了上海郊外昏黄的暮色。

当着陈陌生的面，郭团长后来给警察局连打了三个电话，但对方一直说，没见到有保安团的人过来。

机场跑道上的助航灯有气无力地亮了起来，又有一架飞机在夜色中升空。花狸和万金油终于坐不住了，他们将摩托车发动，神情恍惚地就想要进城。但陈陌生却顶着摩托车排气管喷出的浓烟腾云驾雾地走上前去，一言不发地拧下了钥匙，他说哪儿也别去。花狸无奈地望着陈陌生的背影，觉得那简直是堵厚重而且不讲道理的墙。

夜幕很快就笼罩了每个角落，丽春像一只忧伤的猫头鹰那样蹲在屋顶，他听见风贴着耳边细细吹过，似乎是一群盗贼躲在墙角边窃窃私语。没过多久，围墙外的风就翻卷起满地尘烟，紧随其后的，是一路狂奔过来嚣张而欢快的豆大雨珠。

丽春被来势汹涌的雨点追赶得落荒而逃，着急忙慌地冲进郭团长居住的院子，他隔着水汽腾腾的雨帘，看见屋檐下坐在一张太师椅上的陈陌生。陈陌生安静得像是从天而降的水滴，他的目光凝聚成一道寂静的闪电，好像是要在那摇摆的雨雾中搜索出一个钻出地面的贵良来。那时候丽春气喘吁吁，一直看到陈陌生的脸上十分缓慢地浮现起笑意，他才终于平息下来。他捋了一把头发丛中成片的雨水，狠狠地甩在地上说，他妈的，这雨下的。

警察局的救急电话是在半夜三点十二分打来的。这一晚，谁也没睡，陈陌生在电话铃大概响了三下以后，一把抓起话筒送到郭团长手里，在场的每一个人都听见了一阵浑浊声。电话那头，连夜赶到警察局的保安总团团长吉章简像是蹲在一口幽深的水井里，他估计是擦了一把冷汗后才镇定住自己的嗓音：我们刚刚收到消息，漕河泾监狱突发大规模狱啸，事态十分紧急。我已经向市长俞鸿钧作了请示，万不得已，才决定抽调你部即刻前往控制局面。

郭庆同一直将话筒提在半空中，所有人都听见了吉章简的声音。陈陌生面无表情，双眉拧成一股绳，他一言不发地望着郭庆同的表情。吉章简后来在电话里陷入焦急，他说郭团长，拜托了。又说，郭兄，你还在听吗？

郭庆同无声地笑了，他一直笑了很久。等他笑够了，才收起笑容板着脸对话筒说，有本事你让俞鸿钧去控制局面试试？

10

　　我是丽春。关于狱啸，我曾经听金桂哥说起过，事情就发生在他入狱后的第二年冬天。那次，我在金桂哥慌乱的眼神里瑟瑟发抖，当晚就病倒了。等到醒来时，桃姐说丽春你快把我吓死了，你在梦里起身下床，对着门缝一阵哭喊，听起来像野狗叫。

金桂哥冷冷地喝了一口酒，眼神迷离地说，你们哪里晓得啊，那是狼嚎，丽春是被饿狼附体了。

金桂哥说起的狱啸是在一个月圆之夜的子时，我现在想起还冷得发抖。他说那天监狱里原本安静得出奇，只有关押死刑犯的那排牢房里传出一团烂草绳一样的哭啼声，因为谁都知道，死神会在接下去的任何一个时辰提走他们。然后就突然起了一阵妖风，越刮越尖，越刮越猛。风声里挤满了冤魂爬行般的哭泣，仿佛有人踩断了他们的脊椎骨。

哭泣声此起彼伏，在每一间牢房的屋顶盘旋游荡。金桂哥他们透过窗口，看见的树影像送灵的幡布一样飘动。这时，地底下传出梦魇般的声音：云不动，云不动，云不动。大家细看，还真是那么一回事：狂风大作时，天上所有的云都如洪水一般赶路，但盖住月影的那层云却始终纹丝不动。金桂哥战战兢兢地缩到一个角落里时，竟然发现那片云开始牵着月亮倒退了。这时他突然想起，天哪，那排关押死刑犯的牢房是空的呀，那些死刑犯这天下午全都被枪决了。然后，更加可怕的事情发生了，那排牢房里又突然响起异常恐怖的狼嚎声，而剩下的所有人，几乎都在铁窗里伸长脖子，对着头顶那轮倒退的圆月发出了一浪高过一浪的尖嚎，令人毛骨悚然。

接下去的事情就更加无法收拾了，金桂哥说犯人们撞开了深锁的铁门，监狱的通道里瞬间挤满了黑压压的人群。没过多久，一场惨烈的厮杀就开始了，见人就往死里打，整个监狱顿时血流成河。

我问金桂哥，那些狱警去哪了？金桂哥说，一共来了三拨狱警，但他们瞬间就被犯人们制服，有些被甩上了墙，还有一些是被活活咬死的，脖子上的血管破裂时，血像泥浆一样四处喷溅。

天亮后，监狱里一共抬出了二十九具尸体。可是奇特的是，打扫清理现场时，所有人都不记得前一天夜里曾经发生了什么。他们你看我我看你，眼神里堆满了无边无际的诧异。一个个相互打听，这是谁干的呀？

这就是遥远的狱啸。

11

雨越下越大，根本就没有停住的意思。眼前的道路成了一条涨潮的河，丽春感觉他和郭团长是坐在一条摇摆的船里。

陈陌生坐在郭团长的身后，嘴唇紧闭，双眼只看着一个方向，那里有起伏与进击的闪电。之前在保安团里，陈陌生和郭庆同发生过一场争执，他不允许郭庆同去监狱。郭庆同后来甩落一个茶杯，手指着他的鼻梁说，陈参谋你怕了吗？你以为我们补充旅是来上海吃软饭的吗？陈陌生转身，一言不发地接过万金油递上的雨披，独自走向出行队伍的最前列。他那时想，但愿那真的只是一场狱啸。

漕河泾监狱突如其来的狱啸让被关押了两年多的鲍三心花怒放，他没想到自己这一天的越狱竟然占尽了天时与地利。就在刚才，他抖动肩膀淡定转身后，便趴身钻进那个自己已经挖掘了六个多月的洞口，然后他又将那几块青石砖严丝合缝地盖上，就像从来就没有人经过。可是当鲍三爬出洞口时，发现眼前依然是瀑布一样的大雨，他于是如同一只深谋远虑的青蛙，趴在漫过半身的雨地里足足等了半个钟头。而等他正要在一个闪电的结尾处抬头起身跃出时，整个人却被一层突然降临的黑幕给盖住了。

鲍三挥了一把手，胡乱扒开那件将他盖住的雨披说，你迟到了。然后他就听见对方安静地说，不是我迟了，是你爬得太顺了。

鲍三抹了一把脸上脏乱的雨水，昂起脖子说，我要是不爬得快一点，早在刚才的狱啸中被他们给踩死了。对方就那样直直地望着他，等到又一股闪电掠过时，才凝神静气地说，鲍三你得回去。

鲍三觉得自己是听错了，他掏了一把耳朵，挤出一些雨水说，你再说一遍。

你没有听错，我要你回去。

鲍三忍不住将对方头上盖住半张脸的雨披撩起。他擦了一把眼睛，可是站在跟前的又的确就是郭小姐。作为中共上海地下工委杨树浦区支委的负责人，过去的两年里，郭小姐曾经来监狱和他接头过无数次，所以他在里面知晓的并不仅仅是上海发生的那些层出不穷的刑事案件，他更知道沪西区的地下党组织在苏成德的清剿下遭受了惨重的损失，也知道一年前的8月，东北人民革命军第三军一师二团政治部主任赵一曼英勇就义，死前留下诗篇《滨江述怀》。而鲍三那些挖掘地道用的刀片，也是郭小姐一次次踩在脚底下的皮鞋里给他送来的。有一次,鲍三问她怎么给自己取了个郭走丢的笔名。郭小姐笑了笑说,我希望从众人的眼里走走丢算了,从此一去不复返。鲍三将郭小姐丢在地上的那枚刀片死死踩在脚底,一直让它陷进土里。

他说,跟你商量个事,在我越狱之前,拜托你千万不要再走丢。

1937年8月12日的凌晨四点,郭走丢看见越狱成功的鲍三又无奈地爬回了那个洞口。鲍三那时并不知道,监狱中的狱啸余波还远未停止,而保安团郭庆同团长的车队此时刚刚驶入漕河泾监狱的大门。在铁门沉重的哐当声中,一切都在有条不紊地向前进展着。

郭走丢俯身,吃力地将一块沉重的水泥板重新盖上那个洞口,又在上面覆盖了一层湿漉漉的杂草皮。看上去,这很像是一处新鲜的伤疤。郭走丢又用脚胡乱地踩了一通,她想让那个伤疤略微呈现一些陈年的痕迹。然后,像一阵风一样,她急匆匆地朝着漕河泾监狱的正大门赶去。

12

监狱厚重的铁门哐当一声再次合上时,陈陌生第一个跳下了车，并且为郭团长撑起了一把巨大的伞。透过密布的雨帘，郭团长和陈陌生对望了一眼，他在四周那一阵阵山崩地裂般的咆哮声里听见陈陌生声音沉稳地说，从现在开始，郭团长不能离开这把伞。那时，郭庆同眼看着豆大的雨点如冰雹一样砸落在陈陌生的雨披上，他顿时觉得这个男人像是雨中一把出鞘的剑。而他那时又不由自主地回想起与此相似的一幕，就在前一天的上午，当他神情凝重地走到住室的屋檐下时，那个名叫郭走丢的报馆专栏记者斜睨了他一眼，随即匆匆转身的背影也是冷得像一把剑。

监舍里依旧是汹涌而起伏的嘶喊声，以及手掌扑打铁门时发出的钝厚有力的金属声。扑鼻的血腥味在风雨中荡来荡去，丽春完全可以想见那扇铁门里正在上演的一切。

陈陌生让全身颤抖的典狱长丁磊将瞭望塔上的探照灯全部打亮，呛啷啷开启探照灯的声音响过之处，刺眼的光束像巨大的柱子瞬间就将雨帘洞穿。而在他撑起的那把伞底，郭庆同一声令下，所有的队员便列队聚拢，整理队形的脚步在漫过脚脖的雨地里踩踏出一团团清冷反光的水花。

但丽春没有想到的是，在郭庆同的授意下，陈陌生下达的第一个指令就是让队员将枪膛里所有的子弹都卸下。陈陌生说，都听好了，你们现在没有枪，手里拿的只是一根铁棍。

脚底发软的狱警异常慌张地打开铁门的大锁，郭庆同在陈陌生的伞下转身，想要跟随队员冲进山洪宣泄般的监舍时，陈陌生却站立在那把伞下纹丝不动。郭庆同的半个身子站到了伞外，雨点很快打湿他的半张脸，他转过头去诧异地望着陈陌生。陈陌生迎着郭庆同的目光，依旧像是一座扎根在风雨中的雕塑。他说团长你不能离开这把伞。

郭庆同无奈地笑了，他摇摇头正要退回时，陈陌生却举起那把伞往前走了一步，将他重新盖住。陈陌生说，请团长记住，这把伞只能站在雨里。

保安团士兵列队跨进监舍时，郭走丢也在那场雨里敲响了漕河泾监狱的大门。透过铁门上的监视窗，门哨狐疑着露出半张脸，他没想到郭走丢今天来得这么早。门哨颤颤巍巍地掏出那把钥匙，他只将铁门拉开一条缝，对着郭走丢嘴皮抖动地说，郭小姐，别说我没提醒你，里面狱啸啊，是要死人的，你想想清楚啊。郭走丢笑笑，她从坤包里掏出一枚圆镜子，照见了自己被雨水打成一片惨白的脸，以及额头一缕生机勃勃的短发，然后才说，干我们这行的，只有见到活人才怕。

几个钟头前，郭走丢还在自己家的亭子间里，她守着一个小型电台，收到了一份来自延安中央社保部的电文。电文说得很清晰，根据线报，虹桥机场新来的保安团长郭庆同安全堪忧。因事关抗日全局，领导希望她尽己所能地开展外围保护。而就在刚才，前往接应鲍三越狱的路上，她却碰巧遇见了机场方向开来的那列车队。蹲在一片汪洋的庄稼地里，郭走丢闻到了被雨打湿的植物最新鲜的气息，在这种野性勃发的气息里，郭走丢透过摇晃的车窗玻璃，在闪电的余光中清晰望见了郭庆同那张肃穆的脸。所以当她从鲍三嘴里得知突发狱啸的消息时，一种不祥的预感就从脚底蹿了上来。等她临时作出那样的决定时，脸上的表情便和被闪电照亮的郭团长如出一辙，她说鲍三你得回去。

鲍三听见郭走丢将郭团长的名字连着说了两次，他于是知道这的确不是一个玩笑。但他还是说，可惜了这场天时地利又天衣无缝的越狱，郭小姐你以后不能丢下我不管。郭走丢说，鲍三你放心，你出来之前，我绝不走丢。

眼看着鲍三的影子像个健硕的地鼠般消失在洞口，郭走丢后来想起的是颠簸车厢里坐在郭团长身边的那个姓陈的参谋。她怎么也无法相信，上海南站那个少爷派头十足的男人竟然会是国军的参谋。她想，他和保安团的参谋长胡来福是截然不同的两种人呀。

郭庆同那天看见陈陌生的眼里雾蒙蒙的一片，于是就突然想起裤兜里藏了很久的一包香烟，那还是他接到调防令时从苏州带过来的，一直没有时间拆。他平常其实并不怎么抽烟，很多时候只是喜欢嘴里反复咬着一节烟头，直到那些潮湿的烟丝在自己的舌尖上渗出一缕缕苦涩。

可是那包香烟已经绵软得像一坨面，郭庆同勉强抽出一根，将它从头到尾捋直，又在手指盖上敲敲，这才给陈陌生送了过去。他说，陈参谋，看你这样子，像是有点担心摆不平这儿的事，但我记得你第一次来保安团报到时是有点嚣张的。

陈陌生不语，他将那根烟努力地点燃，非常艰难地吸了一口，觉得湿润的烟丝苦得像一味中药。郭庆同看着陈陌生愁眉苦脸的样子，突然转过头去，幸灾乐祸地笑了。

花狸那时就站在两人的身后，他凝望着雨幕中翻滚起的烟雾，感觉陈陌生抽在嘴里的是一捆没有晒干的稻草。有那么一刻，他忽然发觉身边似乎少了一些什么。抓着胡子凝神想了很久，他才终于记起，原来是贵良不在了。他于是就朝陈陌生走近了一步。他想，他不仅仅是伙夫，他还是五十五师给陈陌生挑选出的一名保镖。

陈陌生在花狸轻微的脚步声里回头望了一眼，看见花狸的络腮胡上沾满了水珠，他相信，这回不是汗。

天空露出些许曙光时，陈陌生将半截软不拉几的卷烟送回到了郭庆同的手里。郭庆同在收起的雨脚里低头猛地吸了一口，辣呛的烟味便像一枚子弹，迅速钻进他的脑门深处，让他瞬间感觉头晕目眩。陈陌生斜眼望去，看见他目光迷离又神情恍惚，忍不住和花狸一起笑了。很久以后，他才听见郭庆同停止住咳嗽，吐出一嘴的唾沫星子说，我看里边解决得差不多了。

同样的时间里，郭走丢就站在监狱大门顶挑出的那排琉璃瓦下，任凭那些四处转悠冒着白泡的污水几乎漫过她的一双鞋。其间，有只疲惫的青蛙眼神绝望地将她的腿抱住，她于是异常惊慌地将它甩落。郭走丢后来看见，四面八方汇集的水流裹挟着枯枝败叶和各色漂浮物，纷纷冲向几米开外的一个下水道口，让湍急的漩涡将它们连同那只青蛙一起迅速吞没，很像是突然改变的一种人生。

慢吞吞的桃姐来到漕河泾监狱时，雨彻底停了。门哨还是只打开铁门的一道缝，他盯着提了一个空篮子的桃姐，脑袋晃荡得异常剧烈，说，听我的，把眼睛闭上，什么也别看，惨不忍睹。郭走丢看了一眼桃姐，发现她眼里似乎并没有恐惧，她眼里是空洞的，甚至脸上有着平静得有些刻板的笑容，也或许她根本就没有把门哨的话听进耳里。

两个狱警这时抬着一具直挺挺的尸体从他们身边走过，死者胸前的血还在一个劲地往外涌，滴落到积水里，瞬间化成一盏，又变成一碗。郭走丢没有转身，她一直望着那具尸体，直到确定那肯定不会是鲍三。然后她又想，尸体胸膛上的口子明显是刀捅的，可是这监狱里头怎么会有刀？所以，她更为郭团长捏了一把汗。

郭走丢后来听见门哨很不知趣地说了一句，他说桃姐你男人被扎死的时候，身上的刀口也有那么大吧？桃姐似乎这时才突然被他惊醒，伸出去的手没能抓牢墙壁，脚底一滑就跌倒在了地上。郭走丢赶上前去将她扶起，又帮她捡起了几根掉落到地上的缝纫机针。她也是想借此机会跟桃姐聊上几句剃刀金的案件，好当作稿件的素材。但桃姐却包好那些钢针重新塞进袋里，不说一句话，也不看一眼郭走丢，只是湿漉着身子直接走开了。门哨看着桃姐的身影，当着郭走丢的面擤了一把鼻涕，他说桃姐是该过来给那几台缝纫机换换机针了。又说，这鬼一样的日子，大夏天的还让人流鼻涕。

再后来，郭走丢就一直藏在门房旁边的一根石柱后面，她看见陈陌生收起雨伞，和郭庆同一起走向了典狱长丁磊的办公室。两人的身后，还跟着丽春、花狸，以及万金油。她于是又想起了万金油的那把短刀以及宋威廉的那根手指头。她想，她这辈子是不会忘记上海南站了。

13

丽春记得，那天开始清理狱啸现场时，哪怕是在典狱长的办公室里，陈陌生也一直守着郭团长形影不离，仿佛他手上依旧撑着一把伞，所以花狸也就把一双眼睁得像一只清醒的猫头鹰。郭团长说，陈参谋，事情已经过去了，你们不用那么紧张。陈陌生觉得郭庆同的声音很空洞，他转头望向丁磊，说，典狱长，没什么事的话我们就告辞了。

此时保安团的队员已经收队在大操场上集合完毕，屋里的郭庆同望着窗外士兵整齐排列的肩膀，又望着远处纷纷散开的云层，突然想起吉章简在电话里作过的交代，要他给犯人作一次严厉的训示。他皱起眉头想，该说什么好呢？但大战在即，监狱里也的确不能再乱。这个城市很危险，众多的生灵命运未卜。

丁磊在喇叭里懒洋洋地通知各个监舍前往操场集合的时候，郭庆同听见陈陌生靠近自己的耳边不带质疑地说，团长的讲话越短越好，三分钟内结束。郭庆同扭头，仔细地看着陈陌生，他望见一团新鲜的阳光散开在陈参谋的脸上，有一股湿热的水汽从他肩头蒸腾起。郭庆同想，陈参谋身上流动的血肯定比常人要滚烫几分，虽然他看上去还是那样的僵硬和冷漠。

那天，就连牢房里的女犯人也被集体带到了操场上，她们在顺势铺展开的阳光下拖着沉重的脚链，满脸倦容，眼里缠满了睡意。丽春看着一排排彼此牵扯的背影，感觉时间过得拖泥带水。他后来在陈陌生眼神的示意下爬上操场正中的那根旗杆时，风吹得越来越厚实。他原以为陈陌生只是让他上去扯开那面和升旗绳缠绕在一起的青天白日旗，可是等他将那片破旧又水淋淋的旗子展开时，他却听见陈陌生在杆子底下很轻松地拍了拍巴掌，然后提醒他说，把眼睛睁大，在上面给我盯紧了。

丽春于是看见脚底下那排黑压压的人头，仿佛整个上海的蚂蚁都赶到了这里。又一阵风吹过，丽春抖抖贴在身上湿答答的衣衫，看见自己的两枚肩章正在闪闪发光。郭团长就是在这时和丁磊一起跨上了那座半人多高的训话台。丁磊看上去有点恼火，他说你们都不让我省心。就在刚才，整个漕河泾监狱乱得像个猪圈似的，养猪还能吃猪肉呢。丁磊想了想，又说，刚才说到哪里了？哦，对，猪肉……这让郭团长很生气，他决定要狠狠地训他们一顿。

郭庆同清了一把嗓子时，陈陌生双目紧锁地踩上了那段台阶，他后来就一直站在训话台的边上，和郭团长离得不远不近，一双眼像一对钩子。万金油始终站在台阶前，他看见更多的水汽从陈陌生的肩头升腾起来，仿佛他这天就是一个热气腾腾的蒸笼。

丽春这天在黑压压的人群里见到郭走丢的背影时忍不住就张口叫了一声郭小姐，但是他爬得那么高，而路过漕河泾的风又很不客气地将他的声音给卷走了。丽春后来想，不用自己提醒，陈参谋也肯定见到了郭小姐。因为郭小姐身上的衣衫十分干净，令人羡慕的肤色又白里透红，这让她在一群黑不溜秋的犯人中间显眼得如同一颗清亮的宝石。丽春还想，老天爷真是公平的，他让心肠好的人长得比别人好看。

郭走丢依旧拎着她在上海南站被丽春扯开拉链的那个黑色坤包，她在臭气熏天的犯人群里见到了鲍三，同他交换了一个眼神后便直接走向了女犯人集结的那块角落。丽春看见鲍三对着郭走丢点点头，然后郭走丢的眼睛又开始四处搜寻。他想，郭走丢这是在找谁？如果自己不是有任务在身，他愿意滑下杆子去帮郭小姐一把。哪怕只是给她拎一下包，丽春觉得也是可以的。

郭团长没有什么废话，他讲得直奔主题，说日本人离我们很近，他们胃口很大，想拿下华北，就连上海也想放到自己的碗里去。犯人们你看我，我看你，似乎大致明白郭团长的意思。郭团长讲到一半时，丽春发现陈陌生原本来回走动的眼突然紧盯住训话台下西南方向的一个角落，丽春于是跟随那道视线望了过去。他看见两个狱警正从医务室里急匆匆走出，将帽檐拉得很低，扒开挡道的犯人笔直走向训话台。丽春看着他们脚底踩溅起的一团团污黑的泥浆，心想，什么事情这么赶？等郭团长先把日本人给讲完不可以吗？丽春想到这里时，突然就抱紧了旗杆，他朝着训话台上声嘶力竭地叫喊起来：陈参谋，军靴！土黄色的牛皮靴！万金油和花狸都惊慌地将头抬起，他们看见杆子上的青天白日旗被风哗啦啦地吹展起来，而滑下杆子的丽春焦急得像是一滴扑向地面的雨。

14

丽春的话音还未落下，陈陌生便一个箭步冲向了训话台中央，然后他飞起身子，迅速将郭团长扑倒在地。几乎是在同样的时间里，郭走丢的耳边响起两声枪响，她恍惚看见子弹穿透自己的视线，一前一后笔直飞向郭庆同身后的那堵砖墙。钻进墙体的那一刻，子弹似乎在撞击出的烧土碎屑里继续飞速旋转，然后才在到达终点时摇晃了几下。郭走丢知道，如果没有陈陌生，郭团长确定就成了一堵离子弹更近的墙。还未等她转身，空中又是两声枪响，郭走丢就没有勇气再往台上看，她觉得这个上午到处都是飞翔的子弹。

我是丽春。那天的枪声响起时，我在杆子上才滑下不到一半，就看见操场上的犯人像肮脏的潮水一样泄开，在他们乱哄哄踩踏的脚底，两件扔在地上的狱警制服被踩满了泥浆。不用说，那是刺客脱下的，他们扒了这身皮，就可以混入人群中。陈陌生猛地在台上站直身子，他命令保安团的队员在郭团长的跟前站成一排，然后才声如洪钟地叫起：不要乱！典狱长丁磊也从地上爬起，他的眼神慌张而无力，但他仍然细细地模仿着陈陌生的话说，是的，不要乱。

陈陌生跳下训话台，他在慌乱的人群中一步一步行走缓慢，让所有犯人都不知所以地盯着他，只有我为他捏着一把汗。四周的空气都静止了，所有云层都往漕河泾监狱的头顶聚拢过来，它们和人一样，喜欢看热闹。

我记得人群中再次涌起一阵骚动时，花狸和万金油已经摆开了架势，在他们眼前，两个猥琐的男人一步一步往后退，我从他们脚上又一次看见土黄色的牛皮军靴。此时，刚才和郭小姐交换过眼神的那个犯人也迎面冲了上来，令我奇怪的是，他的身上竟然没有镣铐。我后来才知道，这个行动自如的男人叫鲍三，他放开拳脚时，身手和力度丝毫不在花狸和万金油之下。为此，一旁的丁磊眼睛都看傻了。

刺客被逼到了墙角，他们张开公驴一样难看的嘴，发出呜哩哇啦奇怪的声音。我于是明白，他们的确就是日本人。我想那他们没得救了，很快就会变得和大山勇夫一样，成了胡乱扔在地上的皮水袋。接下去的事情我都懒得说，他们很快就被制伏。事实上，他们早已无心恋战，眼里只有深井一样深不见底的恐惧，哪怕不用花狸他们动手，只要四周所有的犯人围上，每人吐一口痰都能够把他们给淹死。陈陌生走上前，踢了他们两脚，又从他们身上各自搜出了一把枪。他回头望了一眼鲍三，说，你等下可以跟我们走。

但是，如果你以为事情就这么完了，那你就错了。事实上，一切才刚刚开始。

陈陌生将那两把短枪交到我手里时，我看见郭走丢在人群里弯腰捡起掉落在地上的那个坤包。郭小姐哪里会见过这样的场面，她可能一听到枪声就吓得不行，手里的皮包一下子就被碰撞的人群给挤落了。我看她也顾不上擦干净溅落到包上的泥浆，只是将那段不知怎么被扯开来的拉链给重新拉上，然后就转身走向了训话台。她那时是斜提着那个坤包的，所以在她拉上拉链之前，我又看见了那个粉红色的绵羊皮钱包。我想起这个钱包柔软服帖的气味，于是便声音怯怯地叫了一声郭小姐，打算在她回头时对她笑一笑，那样或许能减少一些她刚才受到的惊吓。可惜，郭小姐这次还是没能听见我的声音。我看着她的背影，心想世上的事情真是有点古怪。我那天在上海南站和郭小姐说过一句后会有期后，没想到从此就在上海和她抬头不见低头见。所以说，很多事情，不是一言两语可以说得清楚的。

　闲话少说，郭小姐出事了。一起出事的，还有人群中的桃姐。我都不知道桃姐那天是什么时候走进这个监狱的。我真替她担心。

15

　一个瘦高的犯人突然在人群外喊话，陈陌生凭口音就能判断出，那又是一个日本人。他可以想到，日本特工会穿上囚服混进犯人中，但他绝对没有想到，对方那时已经将一把短刀架在了桃姐的脖子上，而且那家伙早就找好了地形，押着桃姐退身到了操场另外一个方向的墙壁前，只在桃姐的身后隐约探出半张脸。桃姐成了日本人的掩体，所有人都听见她声音凄惶地叫起，陈参谋，救我。但刺客却在她耳根喷了喷鼻子，一口中文说得非常流利，他说除了郭团长，天王老子也救不了你。

　事实的确出乎所有人的意料，郭走丢的包里被扔进了一枚小型炸弹。刺客扬言，留给郭庆同的只有一个选择，去接过郭小姐手里的坤包。否则，他随时可以摁下遥控，将郭走丢给炸飞。

陈陌生转头看着云里雾里的郭走丢，他虽然已经猜透一切，但却还是不够确定地问她，郭团长是你什么人？郭走丢咬紧嘴唇，很久以后才声音浑浊地说，他是我爹，但我不怕死。那时，郭庆同已经一把推开身前的卫兵，目光如炬地冲向陈陌生和他身后的郭走丢。

丽春听见刺客开心地笑了，声音像一条摇头摆尾的蛇。他说郭团长，救自己还是救女儿，一切你说了算。我等你。

阳光冲破云层，明晃晃地打在操场上，它们似乎也不甘寂寞，想要抓紧上前，看清接下去发生的一切。风也来了。风细细地吹过，吹过地面坑洼处那些堆积的雨水，拐了个弯后又折了回来，在那些落了雨水的脸上挤出很多歪歪斜斜的皱纹。丽春记得，整个漕河泾监狱的操场突然安静得像一片坟场，甚至有两只路过的麻雀也收起了翅膀，它们无声地降落在旗杆上，只是相互看了一眼，便没有胆量再继续飞翔。

郭庆同的脚在操场上踩踏得像两把斧头，他的眼里只有郭走丢。郭走丢就那样怯怯地望着他，听见自己细瘦的心跳声，然后看见很多往事在阳光下涌了过来。她这时觉得，操场上的风吹在身上古朴又温凉。

陈陌生跨出一步，挡在了郭庆同的跟前，也挡住了郭走丢和郭团长之间的视线。他叫了一声，花狸和万金油，你们都是一截木头吗？花狸和万金油随即将郭庆同围在了中间。

陈陌生甩了一把脸，决定正式望向郭走丢。他说郭小姐，我记得你。但对不住了，我是军人。

郭走丢粲然地笑了，她不能确定自己的眼里是否有苦涩。但她看见郭庆同猛地拔出腰间的手枪，他在陈陌生的身后暴跳如雷，拉开枪栓的保险后，枪口便直接指向了陈陌生的脑门，说，陈陌生，我数到三，再不让开我就毙了你！陈陌生挺直了腰板，抬起手，缓缓挡开郭庆同手里清冷的枪管，说郭团长，不用数了，你需要冷静。

郭庆同两眼充血，任凭他如何嘶吼，就是冲不破陈陌生和几个男人用肩膀筑起的墙。他觉得陈陌生像一座铁塔，而自己此时需要生出一对翅膀。

郭走丢的眼里终于淌出了泪水，她在嗓子底下轻轻地叫了一声爹。然后她知道自己没有时间继续浪费下去了，所以她擦干泪，从坤包里直接翻出那枚炸弹攥在了手心里。她望着陈陌生，退后了一步，甩出坤包后说，陈参谋，谢谢你保护我爹。你得照顾他好好地活着，一天一天慢慢老去。郭走丢说完这句，又在人群里搜寻鲍三的影子。事实上，鲍三比陈陌生离她更近，他一直站在郭走丢的身后。鲍三摊开一片手掌说，郭小姐，他们下午就要给我换牢房，可是你答应过送我出去的，你得说话算话。现在把炸弹给我，我替你拿着。郭走丢笑了，泪水洗过的眼变得晶莹，她看见鲍三乱成鸡窝一样的头发上竟然还粘着一片绿油油的草叶子，那应该是鲍三越狱爬出洞口时留下的。她说鲍三你不用要挟我，你这借口站不住脚，刚才陈参谋已经答应带你走。

郭走丢说完，摊开手里的那枚微型炸弹，让它在阳光下反射出一道幽冷的光。又说，鲍三你刚才提醒了我，我想好了，为何不过去把炸弹扔还给他。郭走丢扭头，远远地望向桃姐身后，她想有什么了不起的，不就是同归于尽吗？

郭走丢头也不回地迈向刺客时，郭庆同用仅剩的力气乞求她回来，他的声音喑哑而短促。丽春觉得郭团长的心碎成了无数片。郭团长最后一次声嘶力竭地叫喊时，声音像炸开的汽油桶，终于让旗杆上的那两只麻雀异常惊慌地扑腾起来，它们在仓促逃离时掉落了一片羽毛，浮荡在空中，反复寻找降落的方向。

藏在桃姐身后的刺客也开始慌张了，这不是他之前想象过的一幕，所以他抖动的刀口几乎就刮进了桃姐的脖子，声音里也有了许多不安。他只是不停地说，郭小姐，你给我站住。

但郭走丢却走得更快了，脸上越来越安详。丽春冲上前，伸手想要将她拦住时，她说丽春你走开，我宁愿上海南站是宋威廉的地盘，也不想看到有日本人在那里撒野。

望着郭走丢手里的那枚炸弹，桃姐的身子虚弱地摇晃起来。她像是挂在风中一根铁丝上的一件单薄的衣衫，无助地对着郭走丢一次次祈求说，郭小姐，不要。郭小姐，不要。

丽春永远记得，那天的最后，日本刺客的警告叫喊得歇斯底里，但他丝毫没有阻挡住郭小姐前行的脚步，而陈陌生也是在那时从另外一个方向跟随郭走丢一步步上前。就在刺客绝望地举起左手，威胁郭走丢他即刻就要摁下指尖的遥控时，一缕白光突然就从陈陌生的手里飞出。丽春瘦弱的视线追随着那缕白光，最后只听见噗的一声，一把尖刀就既狠又准地扎进了刺客的手腕。刹那间，苏醒的血喷溅了出来。而那块遥控炸弹的金属板，则和桃姐脖子前掉落的那把匕首一起，在空中无声地翻滚。此时，谁也不知道鲍三是从哪里冲出来的，他几乎是贴着地面滑行了过去，就在金属板将要坠地的那一刻，他将它稳稳地抓在了手里。然后，那把坠落的匕首才正好插在了鲍三脚边的一片土里。

万金油记得，他那时如梦方醒般地摸了一把腰间，这才发觉，自己的那把短刀不知何时已被陈陌生给抽去了。而等他抬头时，他看见桃姐像一团烂泥，摇摇摆摆地瘫倒在了那片泥地上。她的一双眼如劫后余生燃起微弱的光亮，空洞异常地张望着头顶渐渐湛蓝起来的天空。然后，花狸冲了上去，将地上的桃姐一把抱起，他那时的胡子异常杂乱，如同一把长在秋天尽头的已经干枯的荒草。

那天的后来，鲍三跟在一群犯人的身后就要走回监舍，但陈陌生还是将他拦住，说鲍三你得跟我走。鲍三揉捏着刚才接住金属板的那只手，他觉得有点酸痛，笑笑说，陈参谋，我还没服完刑呢。等哪天出去了，我替郭小姐敬你一杯。

陈陌生有点无奈，他摘去鲍三头上的那片草叶子，眼光温和地说，一言为定，这酒你先欠着。

桃姐还是受伤了，刺客的匕首在她脖子上划了一道口子。陈陌生盯着她惊魂未定的眼以及细细的伤口，在她跟前走了一圈，觉得该送她回金家衖村。车子只能开到瘸腿老二家的门口，花狸后来下车，和丽春一起将桃姐送进了巷子里。瘸腿老二听见汽车响声，就顺着汽油味歪歪扭扭地瘸到自家门口，他举起拐杖将丽春拦下说，桃姐让你进门了吗？丽春的目光狠狠地剜了他一眼，他想这个死老二最终还是没有成为一个哑巴，于是指着老二光秃秃的脑壳说，你以后离桃姐远点，小心我敲断你另一条腿。

瘸腿老二很委屈地将两片风干的嘴皮噘起，他说丽春你不晓得，桃姐现在每天睡觉关灯很早，她家到了半夜就响起挖土声，你说她是不是傻了，难道是想把剃刀金的棺材埋在家里？陈陌生听瘸腿老二把话说完，觉得这家伙一直没有闲着。然后丽春又说，你再多说一句，我把你也给埋了。瘸腿老二于是慌张地退后了几步，差点就踩上了身后几只瞌睡的瘟鸡。

丽春后来在汽车的后视镜里看见，桃姐萎靡得如同一根晒瘪的丝瓜，神色黯淡地站在自家屋子的门口。她盯着瘸腿老二，也目送着远去的汽车。丽春想，他刚才和瘸腿老二的那些话，可能已经飘进桃姐的耳朵里，所以他止不住替没有依靠的桃姐忧伤起来。

花狸也在晃动的后视镜里看着桃姐，他觉得桃姐保养得跟城里的女人一样仔细。他记得自己刚才在监狱里抱起桃姐时，就闻到了她身上的香。万金油说那是百雀羚的雪花膏，花狸抓着胡子想了很久，说，比百雀羚还要香。

丽春回头瞪了一眼花狸，将头趴到车窗外，看见昨夜那些讨厌的雨水还远未退去，淹在水里的庄稼像是躺在一条河里睡着了一样，其中就有桃姐家的普通而寻常的田地。在保安团驻地下车时，丽春走到陈陌生身边，回头冷冷地看了花狸一眼，对陈陌生说，花狸和瘸腿老二一样，不要脸！

16

郭庆同安顿好郭走丢。来到办公室后，他将裤兜里那包哈德门香烟啪的一声甩在桌上，胡乱地扯开一个扣子说，陈陌生你混蛋，今天如果要了我女儿的命，你以为我还有脸活着？

陈陌生捡起烟，抽出一根将它慢慢捋直，点上后慢条斯理地抽了一口，又给郭庆同送了过去。他说烟是团长的，但团长的命不仅仅是你一个人的。

郭庆同看着火红的烟头，很不放心地抽了一口。他最后埋在自己吐出的一团烟雾里想，其实自己一家两口的命，都是陈陌生给保下的。

郭走丢跟郭庆同闹翻，是几年前的一件往事。那时，郭走丢的母亲还躺在病床上，而郭庆同却瞒着她在苏州大张旗鼓地娶了个小姨太。事情的结果，是郭走丢的母亲穿着病号服从医院的顶楼平台上直接翻了下去。那天，将母亲送进太平间后，在突然变得空荡荡的病房里，收拾遗物的郭走丢似乎依旧能听见母亲在半夜醒来时的叹气声，她说我还不如早点死，早死早清净。闻听消息的郭庆同就是在这时推门进来，他一身新郎官的穿着，风风火火的样子似乎还要急着赶回去喝自己的喜酒。郭走丢什么也没说，举起木架子上还留了一半药水的输液瓶，朝着父亲狠狠地砸了过去。郭庆同抬手一挡，扯开缠绕在手臂上的输液软管，悻悻地说，我不是没跟你妈商量过，可她当初并没有反对。

郭庆同新娶的，正是郭走丢的小姨。小姨原本是过来帮着照应姐姐的，时间久了，就在郭走丢母亲病倒的第三年，却暗地里和姐夫好上了。葬礼那天，郭庆同在亡妻新凿的墓碑前点了三根香，对着墓中人说的话像是一同说给身边的郭走丢听的。他说，我今后还跟以前一样对待你们宋家，你爹还是我爹，他给了我两个女儿。可是等他将这些话说完时，却听见郭走丢说了一句不要脸，然后就从他眼里消失了。

郭庆同后来只是听说女儿去了上海，在给报馆写很多的稿子。那天参谋长胡来福送来了一张《大美晚报》，他将它甩在了桌上，又胡乱抓起胡来福递上的一根哈德门香

烟，插到嘴里后还是给扔下，气汹汹地指着报上的郭走丢
三字说，郭走丢，好一个走丢，竟然把我给她取的名也给
改了，她怎么不干脆把姓也给换了呢？再这样下去，谁还
知道她是我郭庆同的女儿？胡来福靠近问，要不我让人把
小姐给绑回来？郭庆同伸手又抓起一根烟，吸了一口，愣
着眼睛说，你这不是胡来福，你这是胡来！

17

8月12日傍晚，保安团正在准备一场酒席，炒菜的花
狸把自己忙成了一个陀螺。伙房里油烟滚滚，丽春觉得花
狸仿佛是穿梭在香火旺盛的庙堂里的一根巨大的蜡烛。花
狸上灶台从来不需要帮手，丽春这时才知道，那是陈陌生
为了防止有人在郭团长的饭菜里下毒。桃姐那时提着一篮
子的千层底布鞋正要去总务处，她看见伙房门口进进出出
的花狸汗流浃背，于是过去关心地说了一句，需要我帮忙
吗？花狸在那样的油烟里还是闻到了桃姐身上的香，他的
鼻子特别好使。然后他看着桃姐的脸想了想，还是从地上
捧起了一捆白菜，说，那你帮我洗洗吧。正在烧火的丽春
就又瞪了他一眼，心里说，不要脸。

花狸揭开红烧肉的炖锅，背对着丽春加了一勺糖，这才抹下一把汗，甩在了丽春的脸上。他说丽春你小子自打进了保安团，就每天跟着陈参谋吃香的喝辣的，也没见你孝敬我一杯酒。丽春往灶膛里捅着烧火棍，闷闷地说，要是我哥剃刀金还在，我非让他咔嚓了你那把鬼一样的胡子。桃姐你说是吧？

桃姐站在伙房的那盏白炽灯下，安稳地笑了一下。花狸手里拿着菜勺，一转头刚好看到桃姐妩媚得如同春风一样的笑，浑身就颤动了一下。隔着雾腾腾的油烟，花狸眯起了那双本来就不大的眼睛，他觉得桃姐就是伙房里一株新鲜的桃花。这时候丽春拄着烧火棍冷笑地看着忘乎所以的花狸，他突然说，花狸你醒醒。

这场酒席，郭庆同名义上说是要给郭走丢压压惊，同时也是为了感谢陈参谋。但是花狸才端上两个热菜，郭庆同就兴致勃勃地独自端起又喝下两碗老酒。陈陌生总觉得有点不对，后来才知道，自己是被郭团长给骗了。

郭庆同对花狸上桌的菜不感兴趣，他坐下又站直，擦了把嘴角后竟然捧起第三碗酒。这回他说，陈参谋，我郭某人虽然命大，但这碗酒我还是要替我死去的老婆子敬你。

所有人都觉得自己听错了，就连郭走丢也诧异地望向喝成张飞脸一样的父亲。

郭庆同已经满嘴酒味，他说陈陌生你别磨磨蹭蹭的，像个男人的话就把酒满上。喝了这一碗，我就把女儿嫁给你。

郭走丢没有夹牢筷尖上的一颗花生米，她张开一半的嘴有很长一段时间没能合上，只是两眼怔怔地望着那颗紫红色的油炸花生米在桌上滚来滚去。陈陌生看见郭走丢举着筷子茫然无措又不敢抬头，她没喝一滴酒，却连脖子也红了。陈陌生就干涩地笑了，他说郭团长今天喝得有点快，空肚喝快酒伤身体的。

胡来福的脖子上吊着一根绷带，听见郭团长的那句话之前，他正在用左手敲剥一个茶叶蛋。花狸的茶叶蛋煮得很透，看上去比他做的馒头有味道多了。但胡来福还是没有想到，自己作为一名参谋长，此时面对一个鸡蛋居然还是那样的困难。郭庆同的话说完时，一直埋头的胡来福就再也没有心情去对付茶叶蛋了。他想，无论是于公于私，自己此时都应该起来说几句。但在起身之前，他还是抽机会仔细看了一眼郭走丢，他觉得郭小姐长得比以前更加耐看了，她像是刚刚从《良友》画报里走出来一样。然后他推开椅子走向郭庆同，伸出左手想要拦下团长手里的那碗酒。他说团长你先坐下，今天说好了只是给小姐压压惊。

郭庆同一把推开胡来福，说，胡来福你不要胡来，你这个混蛋，回去吃你的茶叶蛋。

陈陌生觉得郭庆同此时的一双眼明显就不允许他躲避。他见到团长的脸上铺开云彩一般的颜色，然后又开口说，陈参谋，看得起郭某人，这碗酒你就陪我喝了。以后的日子，还能不能坐在一起喝酒，就看一家人的造化了。上海的天，说不定明天就塌了。

屋子里顿时安静得出奇，丽春能听见头顶灯泡钨丝的吱吱电流声。他看看陈陌生，又看看郭走丢，眼见着郭小姐咬紧嘴唇，猛地扭过头去，眼里化开一些忧伤的水。于是他觉得心里很乱，不知道陈陌生碗里的酒，自己到底是应该倒还是不倒。但他最终还是犹犹疑疑地说，团长可以给陈参谋和郭小姐一点时间。可是还未等他把话说完，陈陌生就说，丽春你给我坐下。

一场酒宴顿时有点紧张。陈陌生后来起身喝下了那碗酒，碗底朝上的时候，他便听见郭庆同声音爽朗地笑了。郭庆同咬下一口红烧肉，满嘴流油地说，开玩笑开玩笑，你们都把我刚才的话给忘了。陈陌生此时又看了一眼郭走丢，心里却想起了几天前的南京城乌衣巷。他记得那天的巷口，隔着竹竿上晾晒的一匹洗汰干净的青花布，自己站在阳光摇曳的碎影里目送着那对母子走出那个清风流淌的午后。他说不清那陌生女人和眼前的郭小姐到底相似在哪里，只是知道，自己一旦面对那样一张宁静的面孔时，原本不安的心就会渐渐笃定起来。

他又记起8月10号那一天，也就是他第一次见到郭庆同时，郭团长说，我记得在你老家湖南东安，有一条河是叫紫水河。陈陌生欣喜地点头。听见郭庆同又说，南京城卫戍部队里同样来自湖南东安的陈蓬莱将军是否就是你大哥？

陈陌生怔了怔，然后说，我一向不去关心我哥是不是将军。他是他，我是我。

说得好！郭庆同拍了一把桌子，实话告诉你，我和你家那位将军处不来。

陈陌生笑了，他看见郭庆同丢下他之前递过去的那根牙签，眼光通透地说，但现在看来，和你小子相处又是另外一码事。

18

保安总团团长吉章简是在这场酒席的尾声处闯进来的，丽春看见他脚下踩着一阵风，手里晃荡着两张照片，身子还未坐下就迫不及待地发言。吉章简说得很干脆，郭团长，陈参谋，贵良的尸体找到了。

贵良的摩托车是在上海北郊的真如镇上被发现的，按照吉章简的判断，贵良在离开保安团后就被人跟踪，但凶手肯定不止一人。吉章简说，估计有人先故意撞上贵良的车轮，然后等贵良仓促停车时，紧随其后的另外一人就直接拿刀划开了他的脖子。凶手之后骑上贵良的摩托车，走了有几十里地，最终将贵良抛尸进一条河里。

陈陌生静静地听吉章简把话说完，他知道，一般人骑不了贵良的摩托车。这么说来，他觉得当初就不该在监狱里直接枪决了那几个日本人。他想，丁磊就是个混蛋，凶手杀了贵良后还能轻易地混进监狱，并且在他们眼皮底下制造了一场所谓的狱啸，目的无非是试图引诱郭团长离开戒备森严的保安团。说不定，就连向保安总团求救的警察局里也有他们安插下的奸细……

吉章简送来的照片，就是来自警察局，那是剃刀金被害时凶手留在现场的足迹。

丽春接过照片，在陈陌生的眼前摊开。陈陌生只是看了一眼，便将视线移开，他说丽春你看清楚没？丽春很是确定地点点头，他知道那也是陈陌生说过的土黄色日式军靴。等丽春抬头时，陈陌生已经走远，他推开一扇玻璃窗，清冷的夜色突然就涌了过来。陈陌生没有转头，对着无边的夜色说，丽春你给我拿支雪茄来。

陈陌生眼看着自己吐出的烟雾在夜色中弥漫开来，机场远处闪烁的灯火里，他似乎看见贵良的身影慢慢飘远。很久以后，他才将自己从漫长又纷乱的思绪中牵回。那时，走出伙房的桃姐正绕过陈陌生熟悉的一堆假山和一棵石榴树，向着郭团长的住处低头走来。桃姐端在手里的那盘菜，在夜色中热气腾腾，仿佛在陈陌生心中升起了另一团迷雾。

　　我是丽春。我记得桃姐那天端来的是一盘爆炒螺蛳，花狸给它加了一些调味去腥的韭菜和紫苏。螺蛳虽然看上去分量有点少，汤汁也不怎么足，但我还是佩服花狸的手艺，闻起来真是香，让我一下子就涨起了口水。

　　郭团长又给自己倒了半碗老酒，他说这酒是敬给贵良的。酒倒进碗里，声音咕咚咕咚的。桃姐那时刚刚走进屋里，她听见郭团长的话，就用眼角的余光瞟了我一眼，我想她可能是有点忐忑，因为郭团长的住处不是可以随便出入的。

除此之外，我还能说什么呢？

我只是想说，如果现在让我回到当天的酒席现场，我肯定冲上前去直接给桃姐一个耳光，然后就将她活活地给掐死。

是的，你没听错，我要将桃姐给活活地掐死。你先听我把话说完。

桃姐进门后，谁也没有发现，原本站在窗口的陈陌生突然就挡在了她跟前。桃姐有点慌，她停住脚步，想绕开陈陌生。但陈陌生却说，桃姐你留步，把菜交给丽春。

桃姐低着头，傻愣愣地站在原地，我看见她托着菜盘的手抖动了一下。然后她直直地望向陈陌生，令人毛骨悚然地笑了。也就在这一刻，桃姐突然就举起手里的那盘螺蛳，没有理由地砸向了陈陌生。陈陌生早有准备，他一个躲闪，腰间的短枪就已经到了手上。可是他没有想到，桃姐也就是在这时向着酒桌腾空跃起，然后她手上甩出一团银色的光，直接就飞向了酒桌前端起酒碗的郭团长。

我瞬间就傻了，这是桃姐吗？

如果我和郭小姐一样，也是《大美晚报》

的专栏作者，我会在这样的一起案件报道中一直等到最后才告诉你，从桃姐手中飞出的，是一把胜家缝纫机的钢针，每一根针头上都涂满了剧毒。

但郭小姐却从此不能再给《大美晚报》写稿了，桃姐的钢针飞出时，她竟然迎着那团银色的光，迅速挡到了父亲身前。我看见那排钢针如同一把鱼叉，没有半点犹豫，齐刷刷地穿透郭小姐的衣衫，又扎进她饱满起伏的胸口。郭小姐很是诧异地望着胸口的一根根钢针，她轻微地呻吟了一下，或许是想起了曾经在甘蔗地里见过的一种名叫刺猬的小动物。然后，很多细小的黑色的血就从她的胸口流了出来，很慢。郭团长无比寂静地看着眼前的一幕，扩张的眼球实在不能相信这就是活生生的现实。他后来张开双手，颤颤巍巍地怎么也不敢触碰自己的女儿，仿佛他认为自己就是这个夜晚的凶手。

陈陌生后来上前将郭小姐抱起时，郭小姐温和地笑了。她笑得很甜，虽然嘴里涌出一股黑色的血浆，我那时却宁愿相信，郭小姐吐出的，只是一口熬了很久的中药。

再后来，郭小姐躺在陈陌生的怀里渐渐变冷，她闭上了眼睛。这时候，夜风吹得很急，那扇门板被来来回回地打开又合上。我不敢去看郭团长的眼，虽然他像是睡着了。陈陌生示意我走近，他的眼里也像是盖了一片落叶，他说你去伙房看一看，看看花狸是否还活着。

我和万金油跑到伙房时，看见花狸安静地躺在地上，脖子被拉开了一道口子。花狸早就断气了，很多蚊子和苍蝇围着他那些无家可归的血不知疲倦地飞舞，而他身边，又洒了一地的爆炒螺蛳。我想花狸可能是坚持不让桃姐帮他端菜上桌，所以桃姐就拔出藏在千层底布鞋下的刀子，狠狠地扎进花狸肉嘟嘟的脖子。花狸这辈子都没有想清楚，这个桃姐的身上怎么会那么香，怎么会在伙房里像一株新鲜的桃花。

我从花狸身上解下他的厨师围裙，双手捧着它从伙房一步步走回到陈陌生的跟前。风很大，围裙也很重，我脑子里一片混乱。陈陌生望着围裙上还未吹干的血，一双眼默默地转了过去，他把话说得很慢，说丽春你还能认得地上的这个桃姐吗？我远远地望着桃姐软塌塌的尸体，觉得她蜷曲得如同一条菜花蛇。我将身子摇晃成一个筛子，我说哥，这是不是一场梦？

我现在隐约记得，就在桃姐甩出那把钢针的时候，陈陌生射出的子弹就第一时间钻入了她的眉心。桃姐如同一截没有骨头的水袖，望着窗外更加浓厚起来的夜色，一声不吭地倒下了。

陈陌生走到桃姐尸体跟前，慢慢蹲下身去。他后来在众人诧异的眼神里将一双手插进桃姐头顶那丛虚假的秀发中，我感觉他是在寻找什么。但我简直不敢告诉你接下去所发生的一切，那是我这辈子见过的最为匪夷所思又触目惊心的一幕。跟它相比，剃刀金嘴里说出的狱啸就太过小儿科了。

警察局的邱副局长赶到虹桥机场时，即刻被这场刚刚结束的刺杀惊吓得目瞪口呆，他说最近这几天的上海到底是怎么了。然后他的目光始终躲避着酒桌前木头一样的郭庆同，像是怕吵醒郭团长，他踮起脚尖小心翼翼地跨过桃姐的尸体，来到一筹莫展的吉章简跟前说，吉团长，我有另外一件事情要向你通报，瘸腿老二失踪了，就在昨晚。

陈陌生听清了邱副局长说的一切，他觉得不能再等了。整整凌乱的衣裳，他抬腿直接走向了门口。丽春和万金油都同时追了出去，他们似乎怕陈陌生也走丢了。踏进夜色的那一刻，两人感觉这个夏天摇摇晃晃的，脚下的地面特别不真实。

车子还是停在瘸腿老二家的门口。陈陌生一步跨下车，看都不看一眼瘸腿老二惊慌失措的家人，他在刺眼的车灯里笔直走向桃姐家的那间屋子。金家衖村的狗又一次慌乱地叫了起来，它们一致认为陈陌生的脚步很是陌生，就连这个夜晚的空气也被他搅乱了。

桃姐家一团漆黑，丽春摸索了好一阵，才将灯打开。剃刀金的棺材架在两条长凳上，并没有油漆，那些剖开来的木头像是睡着了，陈陌生闻见它们身上浓浓的木屑味。陈陌生盯着这口硕大的棺材，很长时间里一言不发。然后他绕着棺材走了一圈，直到视线落在厅堂上方供桌下的一堆不够平整的土里。他转头，看见万金油和丽春就在自己的身后，于是对丽春说，如果我没有猜错，真正的桃姐是在这里。

事实的确如此，丽春和万金油犹犹豫豫地刨开那堆土，只花了一根烟的时间，一具女人的尸体就浮现在两人面前。丽春慌张抖落手背上蠕动的一条蚯蚓，整个人便跪倒在那堆土里。万金油举起短刀，另外一只手捏紧自己的鼻子，他几乎是背对着尸体将裹在她头上的那个潮湿的纸袋给切开的。丽春看见那是一具没有脸的尸体，就连大半块头皮也被割去，他分不清哪里是血哪里是肉，总之一切都在腐烂。然后他趴在地上，差不多把自己的整个胃都给吐出来了。窗外，所有的狗叫成了一片。

丽春认得桃姐脚上的那双绣花鞋，那是剃刀金今年春天在上海南市的地摊上买的。他确定，这才是真正的桃姐。

瘸腿老二的尸体随后被发现，他就躺在剃刀金的那口棺材里。万金油在陈陌生的示意下推开棺材上的杉木盖板时，丽春看见瘸腿老二直挺挺地压在剃刀金的身上。瘸腿老二的舌头也被割了，他的一张脸和剃刀金关系紧密地贴在一起，让人觉得他下辈子还想跟剃刀金做邻居。

丽春想起，他昨天离开金家街村时，在篷车后视镜里看见桃姐远远地站在瘸腿老二的身后。瘸腿老二说桃姐家里半夜响起挖土声，这话飘进了桃姐的耳里，桃姐觉得瘸腿老二知道得太多了。她割了瘸腿老二的舌头，让他下辈子投胎做哑巴。

但是丽春现在才晓得，其实那是一个假桃姐。

19

　　我是丽春。好吧，现在我可以同你讲，那天在保安团里，陈陌生抓进"桃姐"尸体的发丛后，突然就停下手指，然后唰的一声从尸体的头顶揭下了整整一层皮，让我们瞬间看见了尸体的另一张脸。然后他将那片翻卷起的人皮面具扔在地上，扬起一堆轻飘的尘土。在南京力行社，陈陌生在政训班里学的其中一门课程就是化装术，他比谁都更加了解假面具……

　　民国二十六年也就是 1937 年 8 月 13 日的那个灰蒙蒙的清晨，我和陈陌生在虹桥机场附近的一片空地里连着埋下了三具尸体，从左到右，他们分别是郭走丢、花狸和贵良。那时候，机场上没有一架飞机起落，陈陌生抓过保安团一个士兵的长枪，子弹上膛，朝着天空连开了三枪。我看见一些受惊的鸟飞起。在扑棱棱的翅膀的声音里，天空就彻底亮了。

　　这一天，也正是中日双方就大山勇夫死亡

事件进入调停的第四天。但调停没能延续下去，顺理成章地谈崩了。郭小姐和花狸他们入土才几个钟头，轰轰烈烈的淞沪会战便正式打响了。几乎是在瞬间，我几个蹬踏就蹿上了郭团长的屋顶，看见上海城里一派火光冲天，整个大地都在颤抖。就像郭团长说的，上海的天塌下来了。

后来，郭团长和他的补充旅第二团部下一路杀声震天地冲向虹口区的日本海军陆战队司令部。郭团长那时候疯了，他像一匹穷凶极恶的狼。其实他早就想打了，我记得他之前拍桌子说过，谈判谈判，谈什么鸟判，打吧。陈陌生顶着闸北区无穷无尽的硝烟，始终紧跟着郭团长，一次次将带队冲锋在前的团长给按住。郭团长火气冲天，起身后不由分说地一脚就将陈陌生给踢倒，又双手举起两把枪的枪口对着陈陌生叫喊，姓陈的，你保护我的任务完成了，我现在是死是活关你屌事。

但陈陌生咬着牙从地上撑起，他说郭团长，我不能便宜了你。攻下司令部，你就欠我一碗庆功酒。

陈陌生没有喝到那碗庆功酒。日军司令部坚不可摧，它的墙体厚实得一塌糊涂。郭团长的枪炮根本就奈何不了它，子弹炮弹落在那上面就是一篮子不知天高地厚的鸡蛋。看着手下弟兄一个个像被收割的庄稼一样倒下，郭团长失声痛哭。他哭得那样伤心，可能是又想起了郭走丢。

那段日子里，在日军飞机和大炮的轰炸下，漕河泾监狱被夷平了，虹桥机场则几乎成了一片废墟。我记得郭庆同那天回到机场时，怎么也找不到之前的保安团驻地，他后来终于在一堆灰烬里扒出了一个异常破旧的粉红色巴宝莉钱包。捧着这个和郭走丢一起埋葬的钱包，郭团长泪流不止，他对身边的陈陌生说，陈陌生啊陈陌生，眼前的山已不是山，海已不是海，山河国土已破碎。

我永远记得，中日战争史上规模最大，也最为惨烈的淞沪会战是在8月13日打响的。九十天后，上海失守。我看着国军部队垂头丧气地撤出上海，全然不顾上海人的死活。洪水一样的人群里，我再也没有见到郭团长的身影。

一直到现在，我已经将近一百岁了，都没能再听到郭团长的声音。老实讲，我是有点想他的。我还记得他那天第一次见到陈陌生时，双眼睁得如同老虎一样，他说陈陌生，你小子怎么看也不像是个参谋。

上海的天虽然塌下了，但我和陈陌生，还有万金油，依旧留在这个千疮百孔的城市里。许多年后，按照军统局戴局长的部署，我们在上海码头送走了一个日本籍的亲华谍报专家。轮船的汽笛第一次忘乎所以地拉响时，谍报专家拉着陈陌生的手说，没想到你就是陈先生。

我们后来知道，陈陌生的名字曾经多次出现在日方的军事情报里。事实上，早在大山勇夫事件之前，日本海军省就成立了一个针对郭庆同的刺杀小组，领队的是一个十分凶狠的女特工。按照一步步的规划，她先是带领手下刺杀了剃刀金，然后又在适当的时间里再次来到金家街村，目的就是除掉在常人眼里已经悲痛走形的桃姐。这样一来，经过化装的女特工就可以装扮成桃姐，自由出入漕河泾监狱和虹桥机场了。当然，他们几次看似天衣无缝的刺杀最终都功亏一篑。

1937年的往事在陈陌生后来的记忆里排列得整整齐齐，甚至连丽春都不知道，他最初开始对假桃姐的怀疑是因为花狸在车上说的那句话，花狸说桃姐的身上很香，比百雀羚的雪花膏还要香。陈陌生于是想，这对服丧的桃姐来说几乎没有道理。而当吉章简那天过来保安团告诉他，贵良是在离开机场后就被人跟踪时，他又想起，此前的上午，除了丽春和花狸，只有桃姐知道贵良取下了机场草地上刺客留下的脚印。

关于这个精于化装术，残忍割下桃姐脸皮又依葫芦画瓢，制作出人皮面具蒙在自己脸上的日本女特工，陈陌生后来经过多方打听，终于获悉了她的真实身份。可惜仅仅过了一两个礼拜，他就将对方的名字给忘了。陈陌生想，或许就像丽春所说的，那些日本人的名字实在太难记了。

再说，记在心里又何必呢？

第贰弹：锄奸

1

时隔多年，在军统局的重庆总部，陈陌生会偶尔回想起上海城里那一段细雨纷飞的时节。他记得那时自己正在法租界的一家茶楼里喝茶等人。黏稠的雨断断续续下了三天，他也空等了三天。到最后，似乎把自己坐成了窗口前蜿蜒生长的一盆忧虑的藤萝。

第四天，雨还在下。等到茶楼的伙计一打开店门，陈陌生就在屋檐下将那柄黑色的雨伞收起。正要跨进门槛时，一个陌生的声音追上他：是陈先生吗？

这是民国二十七年，1938年的春天。

上海沦陷后，丽春和陈陌生在一座名为秋风渡的石库门里安静地掀过了四个多月的日历。潮湿的日脚像是望不到边的海水，带着淡淡的咸味。陈陌生的眼里空荡荡的，似乎只有单调的雪和随之而来的雨。丽春想，陈陌生肯定是在等待什么，比如说某位素装来访的客人，在某个钟点里突然将楼下门板上的铁环敲响。

而每天上午，差不多是八点钟就要到来的样子，万金油就会如同乡野间一名出耕的农夫，让无声的背影消失在弄堂口那块松散的云层下。再过半个钟头光景，连同一把温热的烧饼和油条，万金油带回了一张当天的《字林西报》。咬着嘴里的烧饼夹油条，万金油将报纸上所有的广告从头到尾细细过了一遍，仿佛他是要从一碗黄豆中拣出几粒细小的沙石。直到4月4号那天，他突然从报纸的中缝中将头抬起。他朝陈陌生笑了一下，说，他终于要来了。

现在已经是4月8号，这个陌生的声音响起来，是陈先生吗？那人抽出一张方巾，抹去桌椅上的灰尘，坐下身子后说，想必，你就是陈陌生。

陈陌生依旧坐在三天前的位子上，等他开口说话时，看上去却比之前更加安静。他说你先把话说完。

我手头有你想要的消息。我知道你等的人在哪里。

万金油一步上前，似乎就要掏出那把短刀。

陈陌生对他轻轻地摇了摇头。

我要两根金条。过了今天，你可能就什么都来不及了。对方望着玻璃窗外碎头发一样的雨丝，慢条斯理地将话说完。那样子，好像是跟那些飘在眼里的雨丝很熟。那底气，仿佛是已经买下这家茶楼很多年。说完这话后，那人还叹了口气说，这雨水不晓得消停的。

陈陌生猛地抓向对方安放在桌上的平静的手腕。但令他没有想到的是，那只手却丝毫没有躲避，手腕的主人只是在后来想要挣脱时才满脸紧张地说起：你把我捏疼了！陈陌生到这时才相信，她的确只是一个纤弱的女性。

你是做什么的？陈陌生问。

我开妓院。女人把手从陈陌生手中抽出来，不停地用另一只手揉着生痛的手腕。女人接着说，你到底跟不跟我去见那个人，跟我走的话，两根金条。

这天的后来，陈陌生跟随这个女人来到了福州路。时间还早，女人在一个写有"荟芳阁"三字的牌匾下站定。给他们开门的是一个看上去目光游移闪烁的女子，陈陌生听见她忧愁地说，他可能已经不行了。陈陌生似乎闻到一股淡淡的青草味，从荟芳阁某个房间游丝一样地飘出来。

躺在床上奄奄一息的男人正是陈陌生一直在等的。他代号朝天门，刚从重庆过来。

四天前的 4 月 4 号，在那场绵延到深夜的细雨里，朝天门在荟芳阁的门口连中两枪。开枪的男人抬腿踢了踢朝天门贴在石板路上的头颅，觉得他像是雨中被人踩了两脚的蛤蟆。一股暗紫的血从朝天门嘴里溢出，很快和石板上的雨水心照不宣地流到了一起。男人蹲下，探出两个手指搭在朝天门的人中上，确定朝天门已经没有了呼吸。男人这才如释重负地把枪收起，心想，死一个总比死两个好。

　　已经有很多日脚了，男人一直很害怕见到他们受命想要去杀的那个男人。他觉得，那是一场荒唐的刺杀，百分百没有可能会得手。

　　这一幕，恰巧被那天站在荟芳阁楼上走廊里的宝珠小姐看在了眼里。

　　宝珠小姐就是后来给陈陌生开门的那个有着淡淡青草味的女子。她记得那天的夜雨中发生的一切，那时候她站在倒地的朝天门身边，估计地上这个男人应该还是有救的。等她将这个想法说出时，荟芳阁的老鸨在雨丝里扭头看了她一眼，不是很信任地说，如果救人有钞票好拿的话，你不妨试一试，就当是填补了上个月的局银吧。

　　宝珠觉得老鸨是个善变的女人。她们之前就说好，她来荟芳阁只是倒茶端水果，至于客人的叫局陪酒，她是无论如何不会答应的。所以她想，这世上太多的事情，嘴巴说了都不算，只有老天爷说了才算。就像她之前求学的那所圣约翰大学，谁又能想到，它会因迎面撞上一场战争而毁于一旦？

陈陌生将两根金条送到老鸨手里时，宝珠仔细地看了他一眼。她想，这哪里止一个月的局银？她记得老鸨之前说过，要是能接下一个叫作张大林的男人送来的局票，张老爷愿意每晚给她出五十块钱的包银。五十块啊，老鸨说，你要晓得，平常只是一两块而已。老鸨说，无非就是陪张先生吃吃酒，顶多给他弹两曲而已。你一个无家可归的学生，既然眼里写着清高，那就当一回体面的清官人。

陈陌生后来知道，如果不是因为宝珠，朝天门可能永远不会醒来。

那天，当陈陌生从朝天门身上取出两颗弹头时，宝珠静静地推门进来，手里端着一碗冒着热气的鲜奶。在涌进门口的那堆阳光里，陈陌生有点诧异，他提着两只血淋淋的手，看见挤进屋子的风吹拂起宝珠手臂上那排细柔的亭亭玉立的绒毛，让他止不住想起一片飘扬的芦花。

陈陌生就那样盯着宝珠，让她觉得有点羞涩。她说你不要想多了，这是梅花鹿的奶。这几天里，你朋友一直喝这个。陈陌生想了想，说，是你想多了。她的脸就再一次

"腾"地红了起来。

朝天门醒来时，发现自己的一条腿已经废了。他一次次地敲打没有知觉的腿部，感觉拳头像是落在一截枯死的树干上。在很长一段时间内，朝天门的脑子里一片空白，他不知道失去一条腿的人还能不能算是一个特工。后来黄昏悄无声息地逼近，他终于在黑夜正式来临之前，开始想起半个月前从戴老板那儿直接领走的任务。

朝天门和一个军统局本部的同事是在半个月前离开的重庆，按照戴老板的指示，此行的目的是除去上海滩一个赫赫有名的青帮头子，因为对方和上海派遣军司令官松井石根走得很近。两人在福州路上等候了一个星期，因为听说那人看上了这里新来的宝珠小姐，连续四晚给荟芳阁送来了亲笔签名的局票。而就在登报寻找陈陌生希望接头的当天夜里，朝天门却发觉同事蔡公子想要私吞一笔活动经费而从此在上海滩蒸发。同事之间的一场争执发生时，蔡公子首先开了枪。第一颗子弹，是落在朝天门的膝盖上。接下去的一颗，几乎就贴上了朝天门的心脏。

朝天门要除去的汉奸叫张大林，他是青帮中的通字辈。陈陌生晓得的，那是一个在上海滩能够呼风唤雨的角色。

2

陈陌生决定，在荟芳阁多住几天，无非是又一场等待。

荟芳阁的后院有一块狭小的草地。陈陌生那天果然见到了一头半人多高的梅花鹿。正是雨过天晴的时候，宝珠小姐在给梅花鹿挤奶。之前，她将一些青草连同采下的嫩柳叶一起，送到母鹿的嘴里。在植物清新而好闻的气息里，宝珠说，她给母鹿取了个名字，叫约翰。

就连宝珠自己也想不清楚，她怎么就在上海城里邂逅了这么一头母鹿。她是在去年11月初的一场炮火后与它不期而遇的，那时约翰的背上一片焦黑，两只鹿角频频颤抖，眼中像是噙满了泪。

如果不是约翰在宝珠看了它一眼离去后发出两声凄惶的哀鸣，宝珠或许也就将它留在了苏州河畔那个黯淡的黄昏里。在约翰的哀鸣声中宝珠又向前走了三步，然后她站定了，回过头去看到的是约翰柔弱的目光，这让宝珠坚定地走回约翰的身边，低下身子摸着约翰的鹿角说，我带你走。

后来的一天，陈陌生碰巧在《申报》上看到了一则消息：几个月前的11月2日，上海市立动物园为避免遭受炮火之灾，决定将所有动物通盘转送至法租界内的夏家宅公园。陈陌生想，约翰应该就是消息中提起的在转送途中走失的动物。

丽春记得，那段日脚里，他们在荟芳阁没完没了地打麻将。万金油原先什么也不懂，他花了一个下午的时间，总算搞清楚一副麻将到底有哪些牌，每次开局时手上又需要抓几张，然后才知道什么是吃、碰，什么是杠。万金油的牌叠得歪歪扭扭的，抓起一张想要战战兢兢地打出，最终又犹豫着收回。那样子，仿佛他舍不得一根价值连城的金条。

这样的日子，一直过了有十天，但荟芳阁却再也没有收到过张大林叫局宝珠小姐的局票。倒是朝天门，身体恢复得很快，从灰头土脸被养得白胖红润，一顿竟然能吃三大碗面。听着他稀里哗啦吸面条的声音，陈陌生站在他的面前无声地笑了。朝天门吃得满头大汗，他吃完一碗面抬起头来时，看到了陈陌生无声的笑容。陈陌生说，你真能吃。

上海的道路长得就像朱家库村丽春家门口的河网，横来竖往交叉着，像棋盘上的格子。从跑马厅往南，过了法租界上的爱多亚路，丽春眼里便出现了那条东西向展开的华格臬路。它其实很不显眼，顶多一条裤腰带那么宽，也像一条裤腰带那么短。丽春那天给陈陌生打着伞，两人很像那么一回事地聊着这个春天的雨，仿佛是一对喋喋不休、令人厌烦的新式文人，直到那块180号的门牌清晰坚定地走进他们的眼里。

就在前一晚，陈陌生让丽春潜进了荟芳阁的账房。在堆积如山的账本里，丽春找到了张大林签名的那四张业已作废的局票。等他攀墙回到朝天门养伤的那间包房后，陈陌生不假思索地挑拣出四张局票中的一张，指指上面的地址。丽春和万金油怎么也读不出第三个字，陈陌生说，那你们就把它当作华格×路。但丽春却听成了划个叉路。他说哥你这么一说，这条路就变得有意思起来了。

丽春记得他那天将局票送回账房后，在院墙下碰到了给约翰洗刷回来的宝珠小姐。宝珠很惊奇，这挂满夜色的角落怎么就突然冒出一个四肢晃荡的丽春来。丽春抓着耳皮说，我哥让我过来告诉你，我们明天要走了。谢谢你，还有约翰。

宝珠不明所以地点头。事实上，她哪里会晓得，麻将桌前的陈陌生已经对张大林失去了耐心，他奇怪张大林怎么就安静得像一只乌龟？

华格臬路180号有着两幢看似完全相同的小洋楼，那扇高耸的铁门一直紧锁着。丽春后来知道，西边的那幢小洋楼，属于一个姓杜的先生，他是青帮中的悟字辈，许多年前就与张大林拜了兄弟。而与它互为相通的东边那幢，就是陈陌生想要看一眼的张公馆。

陈陌生那天在雨伞下点起一根烟时，趁机埋头扫了一眼戒备森严的张公馆。他还告诫丽春不要四处张望，眼睛看着前面的路。丽春后来在这条肃静得如同死去的路上看到许多眼神飘忽的路人，他们都站得歪歪斜斜，起码有一只手是插在绸布短装的衣兜里。那样子，仿佛他们是漫不经心栽种在那里的一棵飘摇的树。

陈陌生就是在这时确定，华格臬路是张大林的一片天，他没有任何机会下手。

朝天门在当天下午登上了回重庆的江轮。江水拍打着堤岸，汽笛声在阴郁的天气里徘徊，那声音就盘旋在江面之上久久不能散开。此前，陈陌生同朝天门讲，真正成为累赘的并不是他那条不听使唤的腿，而是他还活在上海这件事实。一旦蔡公子碰见你，保不定就把这消息卖给了张大林。

此时，汽笛又响了两声，朝天门拍拍那条不争气的腿，一高一低地踩上了甲板。

3

我是丽春。我记得我们在那年4月里送走朝天门后，我哥陈陌生回到秋风渡石库门时同我和万金油说的第一句就是：看来我们只能打入黑帮，才能解决张大林。他后来走上前，使劲捏了捏我不再瘦弱的胳膊，说，以后不管他是宋威廉还是王威廉，直接用拳头把他打趴下，他不磕头都不行。

我说哥你说了算。

上海的战事打响后，我在短短的几个月里足足长高了八厘米。就像陈陌生说的，日本人炸开的炮弹将丽春的身子给撑开了。我想，要是剃刀金和花狸还在，相信他们肯定不敢认我。

宝珠小姐也不把我当小孩看，虽然她比我大两岁。她说看得出，你们不是一般人。

宝珠小姐的眼光不错，那么清澈，令我记

忆深刻。

1938年的7月炎热无比，陈陌生带着丽春和万金油走进了张大林开设在沪西的黑森林地下赌拳馆。两个袒胸露背的俄罗斯彪形大汉将门打开时，陈陌生迎着里头开放的冷气抖了抖汗湿的衣衫，露出他那久违的细碎笑容。万金油却突然将自己抱紧，瘪着嘴角说真他妈冷。等他说完，丽春便听见场馆中心的拳台那边响起几下沉闷的打桩声，就连脚下的地板也跟着抖动起来。仅仅是几秒钟的鸦雀无声，整个拳馆就像扔进一颗手雷的老虎灶般炸开了。山呼海啸中，有人蹦跳，有人吹哨狂呼，也有人跌坐在地上叫苦连天。一排排升腾的热浪和刚刚离开出风口的冷气迎面撞上，将那些唾沫横飞的污言秽语顶在了半空中。丽春看见，拳台聚光灯的四周，挤满了黑压压的一片，人头攒动像是扔在南市水果摊前的一堆烂苹果。

陈陌生朝开门的大汉勾了勾手指，等他低头靠近时，说，叫你们老板过来。

满头金发的大汉挺起肚皮浑浊地笑了，他抓了一把灰黄的胡子，用满嘴的俄罗斯口音说，你知道老板是谁吗？陈陌生也笑了，他说难道是你们的沙皇？

那天的后来，陈陌生扔下在生死书上签字画押的毛笔，敲敲那两个比自己高出整整一个头的俄罗斯人的胸脯，说，告诉你们一个发财的机会，接下去的三天，想都不用想，直接买我赢。

在丽春的一生中，他将会永远记得陈陌生的第一次上场。他还是穿着那件洁白的衬衫，只是将下摆扎进了宽大的栗色牛皮带里。陈陌生走到拳台中心，在聚光灯下向四周抱拳致意。此时，他的对手也一个大步跨到了台前。丽春觉得，陈陌生站在台上多少显得有点矮小。但陈陌生并没有理会观众席上对他零星吹起的几声泄气的口哨声，他抖抖身上的关节，又扭了一下脖子，将脚底踩实后，便对冲上前来的对手勾了勾手指。

丽春顾不上擦去滑落到眼角的两滴冷汗，他突然感觉拳台变得很遥远，整个世界像掉进了一口水井。在陌生的井底，他听见自己的一颗心扑通扑通地跳动。

洪亮而清脆的钟声敲响时，对方的拳头便像一排砸墙的榔头，裹挟着呼呼的风声将陈陌生四处包围。陈陌生不慌不乱，晃动着脑袋一直躲闪，脚下退让的步点仿佛是踩着两片轻飘的树叶。有那么一刻，丽春看见陈陌生跳跃的目光从自己的额头掠过，他牵动嘴角，好像对丽春笑了笑。丽春似乎到这时才回过神来，然后他就看见陈陌生在躲过一轮流星锤般的右直拳后，轻巧地侧过身子。就在蹲腰之际，陈陌生却抓住空当猛然送出一记冲天拳，重重地落在了对手的下巴上。

这是陈陌生的第一次出拳，丽春看见，有两颗牙齿带着一团血珠飞溅出来。此时，可能是电力不足的聚光灯却有气无力地闪了一闪。

万金油后来破天荒地点起了一根香烟。他将两片嘴唇撮成一个圆，朝着香烟送去，好像他是一条在水底呼吸的鱼。但烟雾只是停留在万金油的口腔里，他架起二郎腿，对着丽春吐出一排女人腰肢一样妖娆的烟圈。丽春觉得，万金油这副吞云吐雾的样子真是难看死了。

万金油眨了眨眼，对丽春说这一下要发财了！随后，便发出一阵连绵的咳嗽声。

这一天里，先后有三个拳手被陈陌生打趴下，所以买押下注的万金油也就连赢了三场。

陈陌生最后一个离开拳台时，头顶的聚光灯再次闪了一下，让他身上那件被汗水浇湿的衬衫显得分外透明。拳台下，丽春透过陈陌生的衬衫，看见他胸前和腹部的一块块连绵起伏的肌肉，依旧斗志昂扬。丽春突然觉得那成排的腹肌很像是厚实的丘陵。

这天，吴淞口货运码头的姜大牙在拳馆门口将陈陌生拦住，他提着一根牙签，满腹心事地挑去塞在牙缝里的几粒碎核桃，说，陈先生明天还来吗？

姜大牙的确长着一排硕大的牙，中间有两颗还是纯金的，所以他笑起来的时候满嘴金光闪闪，仿佛是在傍晚的湖面洒了一层昂贵的夕阳。陈陌生看了一眼站在姜大牙身边的俄罗斯门卫，看见他正蘸着口水一张一张地数着钞票，然后才扭头对姜大牙说，你今天肯定押错了，赔了不少钱。姜大牙又一次张嘴，依然露出两颗金牙，他说我是想提醒陈先生一句，你签的生死状是三天。等他说完，陈陌生已经推开那扇笨拙而厚实的铁门，留在他眼里的只是一个不想同他多讲话的背影。

黑森林拳馆的门外，是另外一番世界。陈陌生的眼前天光明亮，7月里的蝉声响成一条热闹的声音的河。陈陌生眯了眯眼，他突然觉得，阳光照进了他咯吱作响的骨头。

陈陌生和丽春、万金油是踩着三辆脚踏车来到黑森林的，但在回去的路上，陈陌生却在街边把那脚踏车给扔了。没过多久，少年丽春就扶着万金油的肩跨上了一辆崭新的摩托车。万金油插上钥匙，还没来得及催动油门将车子发动起来，丽春就听见身后突然响起一阵壮观的轰鸣声。等他回头时，另一辆摩托车上的陈陌生就如一匹蓄势多时的野马一样冲了出去。丽春看见，一团浓烟在阳光下轰轰烈烈地飘扬着。

一个多月后，丽春才晓得，那天在拳馆里偶尔闪烁的并不是头顶的聚光灯，而是姜大牙的一个手下按动照相机快门时的镁光灯。

丽春还听人说起，姜大牙是替张大林照看着吴淞口货运码头的烟土生意的。但姜大牙现在心不在焉，他的兴趣显然已经离开了码头。他成了黑森林的常客。

4

姜大牙在一天上午按响华格枭路180号东边楼前的门铃时，铁门里两头纯种的德国狼狗便愤怒地吼叫起来。他后来在女管家黄忠贵的带领下走向了主人设在二楼的书房。这是一幢宽敞得超乎想象的洋房，姜大牙顿时觉得眼睛不够用了。黄忠贵则和他相反，虽然不怎么抬头，却在身上长满了眼睛。黄忠贵这天用身后的目光看见，姜大牙进门后仍然提着一根牙签，一路上摇摇摆摆，身下那条肥大的黑绸长裤则因为吃满了风而像一面招展的旗。

时间正好接近上午的九点，张大林刚刚喝下一碗现磨豆浆。景德镇专窑烧制的青花瓷碗一片晶亮，他将空碗搁下的那一刻，仆人向他递上了两片切工精细的花旗参。张大林垂眼，卷起长衫两边宽大的袖口，让纯白棉布的衬里翻口正好露出四寸宽。然后他才伸出手，接住参片后有条不紊地含进了嘴里。

张大林细嚼着参片，在一阵熟悉多年的甘苦味中，将头靠上背后那张高大的红酸枝木座椅。待他双目微闭，摊开掌心活动起手指时，仆人便打开桌上的一个楠木盒子，从里头抓起一对景泰蓝保健球，送到他掌心里。足有百尺宽的书房内，随即响起保健球清脆欲滴的碰撞声。张大林挥挥袖口，仆人就像倒退的潮水一样，悄无声息地躬身退了下去。

黄忠贵的敲门颇有仪式感。她面对木门站定，伸出两个指关节，不急不缓又不轻不重，在间隔同样长的时间里敲了三下。里头并未传出声音，姜大牙只是看见猫眼旁的一盏绿灯闪了闪，黄忠贵便敞开了那扇设计成里开式的木门。

姜大牙这天说起的话题天上地下，有些不着边际。张大林始终幽暗着眼，令他感觉后背渐渐爬上了一群细小的蚂蚁。他后来掏出几张照片，指着其中的同一个男人说，他姓陈，昨天和前天在老爷的黑森林拳馆连赢了六场。

张大林的头还是靠在那张红酸枝木座椅上，他忍了很久，却还是打了一个悠长的哈欠。他又听见姜大牙说，老爷你得治治他，上海滩不能让一个小赤佬风头太盛。

张大林坐直了身子，将保健球交到姜大牙的手里，终于吐出一句说，他要是愿意跟我的狼狗比一场，我出五万，买他输。

姜大牙觉得这一趟没白来，而且他在话音里闻到了一股来自大洋彼岸的参香味。这种味道，他曾经在给一艘停泊吴淞口的英国游轮开舱验货时闻到过。他记得那些西洋参是和烟土堆放在一起，散发出一股阳光下长久暴晒的异域泥土味。

黄忠贵是在送走姜大牙后径自回到二楼书房的。她已经习惯了一身的黑色衣裤打扮。但在张大林的眼里，她脸上那抹深思熟虑的阴郁，反而与书房中的橘黄色地毯交相辉映。张大林觉得，这个女人的面容和身材看似是一幅漫不经心的画作，却有着格外别致的风韵。所以无论她是怎样的衣着和心情，他始终是百看不厌。

张大林至今还会偶尔回想起三年前在福州路上的荟芳阁里第一次见到黄忠贵时的情景。那时，她和现在一样年轻貌美，却比身边所有的女人都要淡定沉着。只不过，她那时还叫金镶玉。那天，张大林酒意微醺，眼光飘忽地说，你可以嫁给我。金镶玉用双手暖护着一个酒壶，眼睛还停留在那个空掉的酒盅上。她知道张大林没有醉，所以在给酒盅再次满上时，轻启着朱唇说，其实我更喜欢当老爷的管家。

第二天的傍晚，金镶玉搬进了张灯结彩的张公馆，她在仆人的护拥下给张大林倒了半碗清茶。

张大林掀起碗盖，仔细地吹了一口。像是过了很久，他才对着竖立在堂前的上百号门生和一众妻妾说，从今往后，她就是我的女人，也是这幢楼的大管家。

也就是从这天起，金镶玉只停留在了荟芳阁姑娘们的记忆里，而那三个字，也只能从张大林的嘴里再次叫出。白天黑夜进出张公馆的上上下下，或是对她笑脸相迎，或是站立两侧默然垂首，眼里只有自己的鞋尖。金镶玉记得张大林曾经豪爽地大笑，他说这一改，里里外外的，黄金和贵玉在你身上都齐了，咱们张公馆也就日益昌盛了。

那天，回到书房的黄忠贵看了一眼桌上的几张照片，上前按揉起张大林那两片日渐消瘦松垮的肩膀。她随后的声音听起来像飘在一个舞台上：姜大牙越来越不像话了，上楼时，走路都不看路心。

张大林扭头，拍拍落在肩膀上的那只手，说，我还以为他是来同我说说码头上的烟土生意的。

5

陈陌生认得黄忠贵脚下的那条狼狗，它的左耳处有一块铜钱大小的白色皮毛。在华格臬路180号，它被一条粗大的链子拴着，嘴里吐出一片血红的舌头，就躺在那排黑漆包裹的铁栏杆下。

陈陌生的眼在四周观众席上搜寻了一番，似乎并没有见到前来观战的张大林。他知道张大林是瘦小的身子，下巴尖尖，有着满头银白色的稀疏短发，就连两条弯月般的眉毛也是如月色般的白皙。所以上海人私下叫他为白狐。但因为张大林属虎，所以场面上更多的人巴结他为虎爷。张大林喜欢他们的那句风雅趣话：虎啸于林。

黄忠贵牵着那条名叫小白的狼狗，施施然来到陈陌生的面前，看了他好久以后才说，陈先生，你太年轻了。真是可惜。

陈陌生阴着一双眼睛说，我活够了。

黄忠贵说，你确定不想改变主意？

陈陌生说，我记得生死状里签的是三天。

黄忠贵有一种感觉，这个眼神并不退缩的男人可能不是愚蠢，他或许还真的是一条汉子。只是有点可惜了，他会输在来到上海滩还要坚持说话算话。

但令黄忠贵更为惊奇的是，荟芳阁的那个宝珠小姐这时却从人群中一汪清泉一般冒出来。她给陈陌生送上了装在搪瓷杯里的一杯鲜奶，眼里的关切像是飘动在风雨中颤抖的柳叶。黄忠贵斜了宝珠一眼想，幸好今天虎爷没来。

张大林最后一次叫宝珠小姐的局是黄忠贵亲自上门送去的局票。但黄忠贵那天却在荟芳阁门口邂逅了一场枪战，她透过车窗，在雨丝飘摇的夜色里看见了楼上灯笼下的宝珠小姐。所以那天她回去后站在一帮到家来访的东亚共兴商会的日方董事背后，对张大林轻声说，我隐隐感到她身边有一缕淡淡的血光，你还是把她给忘了吧。听完黄忠贵的这一番耳语，张大林稍微有一些落寞，但他从不对黄忠贵表现出一丝的不满，就连脸上的那抹不悦，也是稍纵即逝。

在黑森林拳馆放长小白脖颈上那根链条的一刻，黄忠贵想，真是抬头不见低头见，茫茫人海，也有着另一种狭窄与局促的上海。

　　我是丽春。我不敢看接下去要发生的一幕，虽然陈陌生还是对我笑了笑，他说晚上一起吃花江狗肉。我没有心思听他说笑，心想这快要热死人的上海，去到哪里找狗肉。

万金油在四个口袋里摸来摸去也没摸出半根香烟，所以我很及时地说，我去给你买，我晓得的，你要李香兰烟庄的大胜利牌。事实上，我是想从拳台前离开。如果可以，我想拉着陈陌生一起离开。

万金油胡乱抓出一把钞票，卷成一团塞进我的手里，他说他脑子有点乱。万金油现在有的是钞票，他富得冒油，可以买下一辆卡车。但我却痛恨手里的这一团臭汗淋漓的钞票。

我走到黑森林拳馆的门口，好不容易从两个铁桶一样的俄罗斯门卫的肩膀里挤出。也就在这时，拳台上响起了一阵德国狼狗的狂吠声，所有的观众像是烧开的海水般沸腾起来。我背对着拳台，不敢回头，胸中涌起一阵莫名的心酸。那时，我不知道宝珠小姐在哪里。

6

陈陌生的身上被狼狗的利齿撕开几条口子，脸上的几道血印像是爬上了几条蚯蚓，这让闻到血腥味的小白更加张狂。

小白喘着粗气，目光凶狠，口水从它舌尖滴滴答答落下。它阴郁低沉地勾着一双狼眼，狼视了陈陌生很久以后，突然猛地一蹿，纵身跃向陈陌生。陈陌生一个鹞子翻身，稳稳地落在另一侧。小白的獠牙像是两把尖刀，一口咬断了拳台边的那条拦绳。但是还未等它转头，陈陌生瞬间送出的凌空飞腿已经向它踢去。小白的身子像一只被风吹起的塑料袋一样飞出一段距离，呜咽着滚落在拳台上，站直身子后甩甩脑袋踉跄地退了两步，像刚喝过一场大酒。

陈陌生扯下那件褴褛的衬衫，一咬牙将它撕裂成两段布条，分别扎在了两条肌肉暴突的臂膀上。血很快将它们渗红了。

万金油被渐渐拥向前的人群挤到了身后，他一直没有等来丽春的香烟。直到观众席上再次群情激奋时，他看见陈陌生已经将小白压在了身下。就在小白吼叫着挣扎时，陈陌生翻上了它的身子。他像是骑着一头猛虎，一只手死死按住小白的后脑，让它的血盆大口无法再次张开；另一只手则挥舞起来，拳头雨点般地重重落下。

黄忠贵抢过工作席上的木棒，在人群中四处寻找那面被推倒的铜锣。陈陌生就是在这时将头抬起，他看见了黄忠贵那双慌张的眼睛，于是将落在空中的拳头收住。黄忠贵想，如果陈陌生再补上一拳，小白可能就不行了。

还未等铜锣敲响，陈陌生就在拳台上站起，两只拳头松开的那一刻，许多狗毛在压倒全场的寂静中飞舞起来。陈陌生蹲下，在黄忠贵的眼里摸了摸小白的脖颈。

丽春已经忘记了他为何会站在俄罗斯人的身后，也无法回想起他答应过万金油的那包香烟，他只是看见万金油在人群的另一个角落欢呼，并且朝他吹了一声尖厉的得意扬扬的口哨。

黑森林外突然没理由地下起一场淅淅沥沥的雨，陈陌生光着膀子走到天空下。当然那是后来了，后来雨水洗刷着他的每一处伤口，让那些新鲜的血渐渐化开，像是在他身上摊开了一幅刚刚完成的梅花图。

黄忠贵抱着奄奄一息的小白上车时，看见陈陌生跨上摩托车风驰电掣般地离去。黄忠贵一直望着那个背影在自己的视线里远去，有那么一刻，她恍惚觉得，陈陌生是一匹突然消失的野马。

福州路上的荟芳阁在当天夜里迎来了姜大牙和他的一帮歪歪斜斜的手下。姜大牙说，叫你们的宝珠小姐出来，我也要喝她的鲜奶。但是姜大牙并不知道，楼上的宝珠小姐正在打着一局上海麻将，和她一起抓牌的，还有陈陌生、丽春和万金油，他们原本是来给宝珠小姐送回那只装奶的搪瓷杯的。

宝珠后来还是犹犹豫豫地去了姜大牙的包房，因为陈陌生摸着手中的牌说，你过去。

就像丽春后来听说的，姜大牙可能是死到临头了。宝珠端着茶水和果盘走进姜大牙包房的那一刻，黄忠贵也正在赶往荟芳阁的路上。离开张公馆的二楼书房前，张大林翻看着一本账簿对她说，我不想再见到那张脸了，最好把那两颗金牙给我带回来。

将近二十年了，包办上海的烟土生意一直是张大林和他的隔墙邻居——也是拜把子兄弟杜先生——最主要的财源进项之一。为此，他们注册了一家三鑫公司，多金的意思。上海沦陷后，张大林更是扶摇直上，作为"新亚和平促进会"的会长，烟土返销赚来的滚滚银两，为他替日军收购棉纱、煤炭、药品等军需物资提供了足够的财力保障。

在吴淞口码头卸货的烟土，是由巡捕房一路开道护送至法租界仓库的。但从3月起，账簿上的进项却足足少了两成。在三鑫公司，姜大牙监守自盗的传言已经在当天的董事会议上被摆上了桌面。

姜大牙在这天喝了不少的酒，他和一个新上门的烟土买家美滋滋地卧躺在烟榻上，彼此说道起上海滩的一些新鲜事情。

宝珠给他们各自倒了一盅刚刚泡上的祁门红茶，又摆上了切好的冰镇西瓜，还有核桃和山楂片。姜大牙始终盯着低头忙碌的宝珠，等她将那碟核桃推到自己眼前时，他说，怎么没有鲜奶？弯着腰的宝珠愣了愣，在升腾起的鸦片烟雾里，她看见姜大牙露出两颗闪光的金牙，淫邪地笑了。然后姜大牙就在烟榻上坐直了身子，看准宝珠提起托盘正要转身离去时，一双手便从宝珠的背后伸出，抓上了她胸前的两坨肉。

宝珠异常慌张地喊叫起来，甩出的托盘打翻了那盅热气腾腾的祁门红茶。茶盅在烟榻前的小方桌上转了一圈，啪的一声砸碎在水泥地上。

丽春跑在最前面，他第一个踢开房门冲了进去。看见满脸羞愤的宝珠抖动着手里的托盘，丽春说姜大牙你今天要倒霉了。

姜大牙坐在烟榻上，赤脚踩上自己的两片鞋，他说哪里钻出的小赤佬，再敢多说一句，我把你的嘴皮撕烂了。姜大牙说完，朝着丽春甩出了刚刚提起的鸦片烟枪。丽春身子一闪，那柄呼呼转动的烟枪就被随后赶到的陈陌生接在了手里。

姜大牙愣了两秒钟，然后说，姓陈的，今天这事情你不要插手。陈陌生摇摇头，说，我想插手已经来不及了，这事你得跟我的兄弟商量。

姜大牙瞬间拔出裤腰带上的一把手枪，上前顶住了丽春的脑门。他可能是想说，看看是你们的拳头快还是我的子弹快。但话才说了一半，丽春就动手了。丽春抽出一把短刀，手臂一挥，姜大牙张开的嘴皮就被划开了一道口子，一直划到了耳朵根。姜大牙翻卷的脸皮像是两片刚刚剥开的香蕉皮。

黄忠贵就是在这时出现在包房的，她对眼前发生的一切并不感到好奇。刚才上楼前，老鸨在楼梯口对着她那张记忆清晰的面孔说，金镶玉，三年不见了，你是赶来看热闹的吗？黄忠贵或者是金镶玉挽起垂落的袖口说，大姐，今天借你一个房，我们过来清理门户。

姜大牙手捂着那半张脸，步履蹒跚地走到黄忠贵跟前，十分痛苦地说，黄管家，来得正好，你替我灭了他们。声音满嘴跑风，听起来像是患上了牙疼。但黄忠贵却突然夺过陈陌生手里的那支烟枪，一把砸落在了姜大牙的脑门上。她说，不要当虎爷睡着了，他伸出一个指头就能灭了你。

张大林在这天的董事会上听到的另一则消息是，姜大牙在下午的人狗大战中押了三万，买的是陈陌生赢。张大林看了一眼身边的黄忠贵，说，看来他是死到临头了。

这天的后来，姜大牙跪在黄忠贵的跟前不住地磕头，水泥地上盖满了血印。他哭哭啼啼地要黄忠贵放他一马，说刚才买他烟土的蔡公子知道有谁在谋划着刺杀虎爷。

陈陌生顿时愣住了。但他并没有回头，只是让眼光从黄忠贵肃静得像是一块冰一样的脸上掠过。他记得丽春划开姜大牙的嘴皮后，不想惹事的蔡公子就悄悄地溜向了门外。那么，到了这个时候，陈陌生想，蔡公子应该早就消失在了这一晚的夜色中。

黄忠贵给陈陌生递过一把枪，她说陈先生，你和姜大牙的恩怨今天就在这里解决吧，没有人会找你麻烦。姜大牙如同一头被箭射中的山猪，立刻倒在了地上。他蜷曲起四肢，全身激烈地抽搐。丽春看见，姜大牙溃烂的嘴里随即涌出一口白沫，中间浮沉着一些细碎的山楂片。

陈陌生抽出手枪中的弹匣，将它们一并交回到黄忠贵的手里。像是遇见一个突如其来的陌生人那样，黄忠贵仔细看着他，很久以后才说，你这样心慈手软，是干不了大事的。

陈陌生轻声说，能干好小事就不错了。

一个钟头以后，陈陌生跟随黄忠贵的身影走进了华格臬路180号的二楼书房。书房里立着一块硕大的屏风，陈陌生听见的声音就是从那里头飘出来的。张大林可能是在吃着一颗红枣，所以他的嗓音在飘满甜味的空气里显得有点含混不清。张大林说，一个月后，我会在上海安排一场拳王争霸赛，陈先生要是赢了，我就将你收在身边，前途万丈。

陈陌生安静地退向门口。一路上，他一再端详着那块考究的橘黄色地毯，思绪似乎回到了一年前的南京城。和眼前的华美相比，洪公祠1号戴老板办公室里的那片草垫子，好像多少显得有点寒酸。那时候戴老板的声音飘忽着传过来，说，杀了他！

黄忠贵亲自将客人送到了铁门口，铁栏下仅剩的那条狼狗看上去显得有点孤单。她后来将一瓶紫药水递到了陈陌生的手里，说陈先生的伤口需要消毒，最好明天去医院打一剂破伤风的针。

铁门打开时，夜色已浓得化不开了。陈陌生又听见她淡淡地说起，老爷让我告诉你，多谢你留了小白一条命。

7

张大林说的拳王争霸赛其实是上海另一家"来事拳馆"给黑森林下的挑战书，他们的老板姓陈，叫陈来事。陈来事的黑拳馆也有一个打不死的拳手，他是来自江苏淮安的刘快手。谁也无法准确说出，刘快手令人眼花缭乱的拳头到底有多快。因为有资格说这话的，都被刘快手当场打死在了拳台上。所以他们说刘快手每次捏起的不是拳头，是刚出炉的铁球。

刘快手找不到对手，这让喜欢来事的陈来事同他一样焦急。冷清的拳馆无人敢上台比拳，因为连赢两场就要面对刘快手。陈来事不免唉声叹气，他担心再这样下去，刘快手的拳头缝里就要长出一把草了。

刘快手对阵陈陌生的大幅广告刊登在了上海各大报纸的头版。广告的图片上是两只冲撞在一起的拳头，激起了一场惊天动地的闪电。图片上还有一架飞机正从上海城的头顶飞过，飞行员和副驾驶打开玻璃窗，饶有兴致地观看着这场世纪之战。他们还掏出这个月的薪水，急于要在那场比赛里下注。

《申报》的社评员感言，全上海所有的有钱人都在为这场赌拳赛蠢蠢欲动，准备好的钞票可以截留黄浦江，让江水见钱而改道。与此同时，《大美晚报》也配发了一条短消息，说大大小小新开张的武校已经在上海街头遍地开花。弄堂口的少年儿童们摩拳擦掌，见人走过就吼起一阵哼哼哈哈。

张大林捧着这些报纸，嚼着西洋参含蓄地笑了。他记起五年前的民国二十二年元旦，自己也曾经在上海"新世界"参与发起了一场声势浩大的"救济东北难民游艺会"，其间的重头戏则是"竞选花国皇后"。那时的《申报》也打出了整版广告：请各界激励舞场里的爱国名花，给她们报国的机会。一时间，上海闻人纷纷鼎力支持舞女以伴舞所得救济东北难民及义勇军，而他们在音乐声中彼此通宵达旦地搂抱旋转，则成了爱国的表现。所谓娱乐不忘爱国，爱国不忘娱乐。就此，张大林赚大了。

陈陌生那天带宝珠去大世界游乐场坐旋转木马的时候，晴朗的天空飘满羊群一样的云朵，让人看了满心喜悦。这时候，他们在游乐场的门口碰见了发福的宋威廉。宋威廉还是一副有钱又有闲的样子，正指挥着一帮手下到处张贴拳王争霸赛的彩色海报。他后来对头顶一幅巨大的力士香皂广告产生了浓厚的兴趣，心想那个女人光洁的大腿怎么那样地明亮和动人。就在转过头来的时候，他看到了陈陌生，就扑哧一声笑了，举起只有四个手指的右手说，陈先生，君子报仇一年都有点晚，你会败得一塌糊涂。

陈陌生也笑了一下，什么话也没有说。他在想天上的那朵看上去骨头很轻的云，会不会突然一不小心掉了下来。

宋威廉现在叫陈来事为表姐夫，这种亲戚关系是因为他的二姐嫁到了山东，他从那边的家族出发，抓破脑袋画了一张图，绕了许多个圈后才回落到上海给牵上了关系。叫的次数多了，宋威廉就觉得陈来事真的是他的姐夫。

那天，刘快手就站在陈来事的那辆黑色别克轿车边。和往常一样，他只是潦草地看看，什么都不说，好像每一次都忘了带上嘴。就在刘快手按响十个指关节的时间里，车窗里的陈来事记住了陈陌生的一张脸。陈来事突然觉得，陈陌生的脖子那么粗，背后仿佛趴着一头牛，刘快手可能会输。所以他拉上窗帘点起一根烟，整个下午就荒废在了忧愁和烦恼中。

　　宝珠坐的那匹旋转木马突然断裂开，这让她整个身子从转盘上掉了下来。宝珠从地上爬起，发现两个膝盖磨破了一层皮，许多血珠子涌出来，沾红了她新买的一条花格子裙。宝珠的眼里转动着两滴泪。

　　看到这一切的丽春的心情再次变得不好了，他当即叫来开电闸的伙计，让他叫老板过来。伙计嗑着瓜子笑呵呵地根本不当一回事，他说老板很忙，你们回去自己汰汰，钞票是不好退的。等他说完，丽春便一个巴掌拍落了过去。伙计愣愣地看着撒了一地的瓜子，他想不明白刚才到底是哪个环节出了问题。这时候，宝珠看见游乐场上的许多伙计挽起袖子围了过来。丽春叹了一口气，说又有一场热闹了。

　　大世界的经理办公室拐过两个弯就到了，给丽春和陈陌生带路的伙计用一把小斧头将门推开。经理叼着粗糙拙劣的雪茄，他看上去的确很忙，正对着眼前一把摊开的扑克牌忙着给自己算命。等到最后一张牌掀开时，他无限伤心地说真他妈是晦气，然后就拍了拍巴掌，外头集合完毕的一帮手下全都拥了进来。丽春看见略微有些晃荡的白炽灯下一排亮闪闪的斧头，眨眨眼睛说，哥，看来这大世界的地盘还不小，你想不想拿下？刚刚说完，两片斧头就向他砍了过来。丽春急忙操起一条方凳，在陈陌生若无其事的眼里干净利落地挥舞起来。

经理一直坐在那里，等候这场打斗早点结束。但他没有想到，陈陌生突然夺过一柄斧头，朝着办公桌直接冲了过来。经理踢开靠椅，很幸运地退到了墙角。陈陌生却一个跨腿，跃上了办公桌，举起的斧头瞬间落下，很干脆地砍在了他的脑门上，那动作似乎是随手轻易地切开一个西瓜。经理诧异地翻起眼珠，看见那片斧头的木柄正在自己的头顶左右摇晃，很快，血就像河水一样漫过了他的眼角。他最后将手里的那张牌慢吞吞地盖下，听见陈陌生好像是说了一句，宝珠你把眼睛闭上。

大世界这块地盘原来也是姓张的，所以陈陌生那天第一次见到了慈眉善目一派家常风的张大林，他看上去更像一个饱读诗书的乡贤，让人见了就不免心里凉爽。他也没有传说中的那么干瘦，脸上的皮肤甚至还有点粉嫩，而且藏了一个不易觉察的酒窝。张大林抬起布鞋，小心翼翼地寻找一块可以落脚的地，似乎担心会残忍地踩死一只蚂蚁。那一刻，二三十个刚刚聚拢的保镖便像两串带鱼一样站立在了路的两旁。一阵风吹起，他抬头望了一眼蔚蓝的天空，感觉踏上自家的地盘就是神清气爽，但却仍然很不合时宜地咳嗽了一声。这时，大世界游乐场里唯一一棵梧桐树上的知了们开始集体欢叫起来，它们像是认得眼底的这名男子。

陈陌生也由此记得，那么热的一天，张大林竟然还穿了一件深灰色的长衫，并且将脖子下所有的扣子都扣起，仿佛他依旧是站在去年的秋天里。

张大林在保镖围成的狭长弄堂里走进了经理的那间办公室，黏稠的血腥味让他皱了皱眉。面对张开双腿闭目已久的经理，他突然发痒的鼻头喷了两下，随即便看见了墙上挂着的那幅胡子拉碴的张飞画像。奇怪的是，他走到哪里，张飞执着的眼神就跟到哪里。张大林终于记起，这个面熟的张飞去年就在。

张大林稍稍用力，拔出经理脑壳上嵌着的那片斧头，扔在了桌上。一瞬间，张飞露出了惊恐的目光。他看见经理头上的血犹疑了一下，最终还是喷了出来。

张大林拍了拍手，虽然并没有拍起什么灰尘。接着张大林望向那副扑克牌说，算来算去，终究算不出短命的自己。

经理桌和靠椅上的血很快被冲洗干净，有几滴粉红的血水溅到了张飞的脸上。张大林替这个五百年前的本家擦拭干净，这才在四处弥漫的血腥味中指指那张水珠滴淌的靠椅说，陈陌生，现在起，你就坐在这里。有谁不服气的，你只管把斧头砍下去。

张大林说完，再次咳嗽了一声，细碎的眼光从躲在丽春身后的女子脸上不经意地掠过。她那么眼熟，应该是荟芳阁的宝珠小姐。他的书房抽屉里还保存着一张铅笔画，画中的女子就是在荟芳阁后院给那头叫约翰的梅花鹿喂草的宝珠。

张大林喜欢让人给他画下他想要看到的，他不怎么习惯看照片。每次看见那张画，他就隐隐觉得胸口有一头碰撞的小鹿。

8

上海几乎找不出一块像样的草地，绵延铺展的草皮对它来说是一种奢侈，这让丽春觉得多少有点对不住宝珠小姐的小约翰。有几次，他和陈陌生只能牵着那头花斑点点的母鹿沿着苏州河一直走下去。风吹得很轻，宝珠小姐总是跟不上他们的脚步。她有点焦急地说，你们走慢点，又不赶时间。

苏州河里有很多从苏州过来的小木船，船上晾晒着一家好几口人的衣衫。他们在船板上洗衣汰菜，生火烧饭，木板支起的饭桌上摆着酱黄瓜、绍兴腐乳，还有女船家刚刚炒出的几片青菜叶子。男人端着一盏酒，仰起脖子吱的一声咽下。这时，夕阳很凌乱地贴在水波上，风将他的思绪和炊烟一起送远。

那天，一艘吃水很深的机船载着煤球将河面犁开，丽春看见一个穿开裆裤的男孩顶着两片油光的屁股，在船舷上撒了一泡歪斜的尿。等到男孩抬头时，便指着约翰兴奋地叫喊起，马，你们快看，那里有一匹马。

约翰风情万种地扭头，不知所以地望着甲板上蹦跳的男孩，它想不清楚，宝珠为何在它眼底笑成了一只弯腰的虾米。

宝珠后来站直身子，将陈陌生抓给她的一枚知了朝着那船头上的男孩扔去。知了仓皇地叫了一声，在即将坠落时又扇动翅膀腾空飞起，约翰在聒噪的叫声里定睛看它落荒远去。这时，宝珠突然很想吃一碗香甜的宁波汤团。

同丽春一样，普恩济世路上那家大壶春煎饺店的老板也是姓朱，他叫朱几，而在店里店外奔走的是他的女友沈阳。宝珠喜欢沈阳做的宁波汤团，轻轻一咬，浓香的芝麻馅便让她的牙齿也芳香了起来。宝珠同陈陌生说，沈阳的名字其实不是因为老家在沈阳，她只是姓沈。

沈阳那天在普恩济世路上泼了两盆清水，并且给宝珠在街边支起了一张小圆桌。她擦了擦桌面说，这样比较凉快。

宝珠笑盈盈地舀起一个热腾的汤团，在风中荡了荡，探出齿尖小心翼翼地咬了一口。那时，令她记忆清晰的芝麻馅便热情芬芳地涌了出来。丽春想，那股香甜可能就是宝珠心里暗暗涌动起的欣喜。似乎一直是这样，宝珠从来不仔细地看一眼陈陌生。但也只有丽春知道，宝珠似乎已经在上海等陈陌生等了许多年。所以丽春想，当初如果没有那个代号朝天门的重庆特务，他和陈陌生是否还能遇见这样的一个宝珠？她同约翰一样，眼里找不出半颗灰尘。

丽春舀出几个汤团给宝珠的碗里送去。这时候，宝珠看见一帮男人倒拖着铁棍，恶狠狠地朝着他们扑了过来，铁棍在地上摩擦发出金属混沌的声音。

陈陌生眼见着宝珠的额头突然爬上了一层乌云，就知道自己接下去没有时间吃汤团了。于是抽出腿脚，对准煤炉上一锅烧开的水，转过身后直接踢了过去。

原来，宋威廉就站在街道的另一旁。他单手叉腰，另一只手上提着一把崭新的左轮手枪，仿佛是电影里的一名威风凛凛的快枪手。他将左轮手枪举过头顶，让它映照出一片金色的夕阳，摆出一副令人闻风丧胆的样子，仿佛是在宣布，陈陌生，我决定今天就要报仇。然而，他的那把枪却不争气地走火了，他于是被自己吓了一跳。子弹打在楼顶的一个窗台上，宋威廉看见，有一盆碎裂的仙人掌很不情愿地从空中掉落下来。

宋威廉那天带来的打手，丽春哪怕用上他和陈陌生所有的指头也数不过来。他们看上去像一群交头接耳的甲壳虫，熙熙攘攘地挤了过来。仿佛只要每人踩上一脚，就能把丽春和陈陌生踩成肉浆。铁棍成群结队地在水泥地上拖动时，火星四溅，这让梧桐树上的那排知了也很识趣地安静了下来。丽春看了一眼陈陌生，听见他细细地对丽春说，你带宝珠小姐先走。但丽春却笑了，因为他记得陈陌生说过，无路可退时，只管闭上眼睛笔直往前杀出一条血路。所以他扯开嗓子喊了一句，宋威廉你这么爱骨头抽筋，我今天就成全了你。

陈陌生在第一时间里就放倒了几个敢于一路争先的对手，夺过来的铁棍在他手上挥舞得密不透风，仿佛在四周给自己围上了一面铜墙铁壁。丽春想，如果那时下起一场雨，陈陌生应该不会被淋湿。陈陌生也觉得丽春如同一头出笼的猛虎，他想不到这小子现在也会这么野蛮。但他随后就看见，对手的一根铁棍抢下时，正好撞在了丽春的腰上，丽春向前打了一个趔趄。陈陌生于是提起手上的那根铁棍，像是一把鱼叉那样朝着丽春身后的那个打手投了过去，铁棍利索地插进了打手的脖子。

宋威廉双手举着那把左轮手枪，不住地晃动。内心里，他其实对陈陌生的这一次出手也由衷地佩服。但他知道，接下去他有的是时间，而且自己口袋里还有十二发子弹。他愿意等陈陌生打得气喘吁吁了以后，再一颗一颗清楚地送出那些子弹。那么，陈陌生今天起码可以死十次。这么想着的时候，宋威廉就把一颗悬起的心给放下了。他干脆将手枪收起，让另外一只手重新叉回到了腰上，并且突发奇想，如果这时候能和去年的上海南站一样，他的手里也有一个来自浙江奉化的水蜜桃，那可真是太好了。

丽春开始有点招架不住时，那个蒙面侠就在宋威廉心花怒放的眼里突然出现了。他冲进那群耀武扬威的打手中间，如同开着一条船。那帮人在碰上甲板后一个个应声倒下了。宋威廉无比惊愕，再次举起那把手枪时，却突然忘记了这把手枪是否有保险。但他不想让自己显得太过慌乱，所以就灵机一动，直接抬起枪口对准蒙面人说，有种你把那块遮羞布给撕下，让我看看你是谁。

树上的知了就是在这时重新声嘶力竭地叫唤起来，宋威廉看着地上哭喊成一堆的手下，开始感觉心烦意乱。

宋威廉的右手只有四根手指，所以他后来没怎么操控好，一不小心就让手枪掉落在了地上。宋威廉犹犹豫豫地不知如何是好，最终想起四个字：夺路而逃。丽春捡起那把手枪，让送出的一颗子弹朝着跑得很难看的宋威廉追了过去。宋威廉像一只筋疲力尽的狗，趴在地上说出了他这一生最后一句话，我老早就晓得你会打中我的。他最后把自己的那具尸体慷慨地留在了普恩济世路上，巡捕房在第二天凌晨赶到时，挥走了一群苍蝇，将他直接扔进了一个垃圾桶。

陈陌生那天出手很快，宋威廉倒下后，他突然扯下蒙面人脸上的那块黑布。对方只好舒了一口长气，陈陌生便记起，他曾经在大世界游乐场的门口见到过这张脸。他记得这人那时正站在一辆福特轿车旁，对鲜活的上海不屑一顾。而令他记忆深刻的，是这人在按动所有的指关节时，手背上一排历历在目的犹如石灰墙剥落般的老茧。

丽春记得，那个蒙面人最终抱起双拳对陈陌生说，我就是刘快手，明天，你我会是一场恶战。

刘快手在回去的路上记起三天前的一幕，那时陈来事将他叫到了办公室里，忧心忡忡地说，我担心你赢不了，这几天我有些睡不踏实。刘快手知道，陈来事其实更担心自己口袋里的钞票，也怀疑挂在自己拳馆门口的那块牌匾将要不够踏实。所以他就说，老板可以考虑押陈先生赢。

陈来事就更加不开心了，他说那我还不如把这张脸塞进裤裆里。你以为我是姜大牙？

刘快手也听说过姜大牙的那段往事。姜大牙现在每天躺在硬板床的草席上，缝合好的半张脸错落有致，像他女人旗袍前襟上的一排盘扣。一旦屋前有个风吹草动，哪怕是经过一只猫，姜大牙也会惊慌地坐起，嘴里吐出一股白沫说，不好了不好了，张大林派人来砍我了。没人再记得姜大牙的两颗金牙。

刘快手那天不知道怎样去劝慰妇道心肠的陈来事，就只好什么也不说。但陈来事最终下定决心说，我们先把姓陈的给干掉，一了百了。刘快手装作什么也没听见，静静地转过身子，离开了那间杂乱的办公室。他知道，那时连旁边的宋威廉也对他一阵失望。宋威廉冷冷地说，姐夫你看他有什么了不起，胆小如鼠。

刘快手一路低头回到了自家门口，那是陈来事帮他租的一间房子。月色如霜，照出他一袭寡淡的影子。屋内的唱机隐隐传出黎明晖的一支童声小曲，咿咿呀呀的歌词正是她父亲黎锦晖写下的：毛毛雨，下个不停。微微风，吹个不停。微风细雨，柳青青，哎哟喂，柳青青……他知道，此时他的女儿毛毛已经在这首催眠般的曲子里和妻子一起睡着了。但他想，拳头再大，还不如天上地下来去自如的一滴毛毛雨。

9

　　陈来事来了，但他并没有因为身边没有宋威廉而觉得
孤单。张大林也来了，和他一起走向包房的是对着过道两
侧一路抱拳的杜先生。杜先生号称"春申门下三千客，小
杜城南五尺天"。但他还是说人这一生要吃三碗面：人面、
场面和情面。其中的情面是最讲究的一碗，因为钱财是花
得光的，交情是用不光的。

　　黄忠贵给张大林和杜先生拉出了椅子，台上当的一声
脆响，一盏盏聚光灯啪啪啪啪亮起。或许是因为今天多了
包房里的张大林和杜先生，所以整个水泄不通的拳馆反而
显得安静起来。黄忠贵仿佛觉得，自己是陪两位老爷过来
看一场电影。但她始终希望，这场电影晚点开场，哪怕是
草草结束也行。

　　上海人永远不会忘记，那场名为世纪之战的黑拳赛打
得天昏地暗，打出了黑森林拳馆的大门，一直打到了大街
上。巡捕房临时奉命过来维持秩序，警笛声吹得一浪高过
一浪。在现场稀稀拉拉地集合后，这些巡捕便手挽手将拥

挤的人群挡在了身后，仿佛前方是一场即将到来的泥石流。丽春看见两个从香港远道而来的阔商拉住一个巡捕反复论理，他们说警官你凭什么推开我们，我们是花了钱买过票的。

上海的黄包车夫觉得这一回赚了，他们从四面八方拉来闻风而动的观光客，跑动的铃铛声响成一片，一单接一单的生意让他们累得四肢发软，所以车钱很快就涨价了。但是好景不长，没过多久，两个全身湿透的男人又一步步从大街上打回拳馆去了。地上留下一汪水，仿佛老天只是对准他们俩洒了一场雨。这时候，天真的黑了，一个下午就在拳头声里过去了。

回到拳台的陈陌生凌空一跃落到了刘快手的跟前。陈陌生捏紧拳头一个虚晃，就在刘快手扭头躲避的一刹那，他的千斤神腿随后就向刘快手的下盘扫了过去。

刘快手终于倒下。他真想就那样一直躺在拳台上，不愿有人将他叫醒。在他疲倦的眼神里，失魂落魄的陈来事一阵沮丧，像一只被雨淋湿的公鸡。

张大林带来一同观战的陈丽莎是那一年竞选出的"花国皇后"的头牌，她扭摆着开口很高的旗袍，走上拳台给胜利者陈陌生套上了一团锦簇的花环。舞曲响起时，她本想独自展现一番令人陶醉的舞姿，却没想到陈陌生一把将她搂起。跟随着陈陌生海水一样的眼神，陈丽莎被他深情款款地引到了拳台中央，并且在乐曲声中和他共舞起一曲激情四射的探戈。

陈陌生的白衬衫上血渍斑斑。在舞曲突然到来的一阵鼓点声中，他慢慢地瘫倒了下去。那时，陈丽莎感觉拥在怀里的男人像是一条呼吸困难的鱼，突然就从自己的手上滑了出去。

陈陌生在床上迷迷糊糊地躺了三天，醒来时，他感觉丽春的一张脸很不真实，薄得如同一张纸。他想坐起身子，这才发觉全身软得像一碗刚捞起的面条。

丽春喂他喝下一碗水，陈陌生觉得满嘴黏稠，似乎还有一股腥甜味。他后来看见，旁边的床上似乎还躺着另外一个男人。在卷土重来的梦里，他就此想了很久，终于有点记起，那可能是刘快手。于是，梦里就又出现了眼花缭乱的拳头。

三天后，黄忠贵在出门前破天荒地穿上了一件细花的旗袍。面对镜子中玲珑且生动的身影，她自己都觉得十分陌生，那仿佛是另外一个女人的身体。她后来想了想，还是将旗袍给换了下来，重新叠好，摆进了衣橱最底下的一层。

黄忠贵提着一盒冠生园的点心来到秋风渡石库门的那块门牌下时，弄堂口真的刮起了一阵很像是秋天里的风，墙头的一排草在晨光里松松垮垮地摇晃着。她在那阵风里整理好几根细碎的发丝，似乎听见全身经络舒展开的声音。她很晓得，眼前这种普通又日常的光景，自己曾经太过熟悉。

　　司机抓起门环重重地磕压了两下，黄忠贵的心里有点忐忑，总觉得哪里出了什么问题。她于是又从上到下看了一眼自己，又在心里很仔细地说，这不没有穿旗袍吗？

　　丽春记得，黄忠贵那天进门时，四处打量着眼前的屋子，想开头说起什么又最终咽了回去。她后来虽然拉出椅子在陈陌生的对面坐下，但又很快站起，满脸歉意地说差点把虎爷的另一件事给忘了，时间不早，她得走了。

　　黄忠贵这天过来秋风渡，就是为了给陈陌生带句话：张大林在等他过去当贴身保镖，张公馆会在第二天安排一场排场十分讲究的仪式。但回去的路上，她却反复回想起陈陌生的那句答复，他说也请黄管家给虎爷捎句话，我明天可能没有时间。黄忠贵眉头深锁，望着车窗外木然的电车以及皮影戏一般行走的人群，心绪飘忽。她想这个男人为什么始终让人出乎意料，他像是挡风玻璃前那片没有方向的云，四处飘荡却又随遇而安。

陈陌生第二次醒来时，发现身边的那张床上没有刘快手。他原以为是自己的记忆出错了，也或者是梦境修改了他的记忆。幸好丽春后来告诉他，刘快手的女儿失踪了，醒来的刘快手一听到消息就冲出了门。

　　事实果然如陈陌生所料，毛毛是被陈来事绑架了。他知道，陈来事记恨在心的是刘快手那天竟然蒙面出现在了普恩济世路上。

　　黄忠贵离开后的当天夜里，陈陌生找到刘快手住的那间屋子时，看见刘快手正在门前那片惨白的月色下磨刀，身后屋里的留声机里若有若无地传出一曲清淡的《毛毛雨》。风吹落门前枣树上的两片叶子，陈陌生伸手抓住其中的一片。

　　这天，丽春和万金油也一起站在晃动的月色下。他记得刘快手一声不吭，只是让手指从磨亮的刀尖上走过一趟。后来，陈陌生伸出的手掌便和刘快手重重地握在了一起。屋子里黎明晖又唱了一次：微风细雨，柳青青。哎哟喂，柳青青。

　　陈来事已经救不了自己了，他的府上不出意料地被踏平。刘快手什么也没说，只是冲出重重的一拳，便将陈来事打飞到了院子的墙角处。陈来事坐在地上愣了一愣，摸了摸脱臼的下巴。他想起就在刚才，他那粉墨登场的三夫

人还在客厅里淋漓尽致地唱起一句《牡丹亭》：原来姹紫
嫣红开遍，似这般都付与断井颓垣。良辰美景奈何天，赏
心乐事谁家院！声音没完没了的，让他连打了两个哈欠，
但他还是听出了一些令人唏嘘的人生况味。

陈来事抓起屁股下的一把青草，笑呵呵地往自己嘴里
送去，仿佛这是他要留住的最后一笔财产。

丽春后来听说，陈来事是真的被打傻了。他在弄堂口
穿着窗帘布修改成的披风，戴着十个假的金戒指，仿佛对
生活充满感恩的样子，满脸幸福地翩翩起舞。

刘快手将女人和毛毛送上了回老家的火车。站台上，
刘快手让毛毛喊陈陌生一声干爹。毛毛只是拿一双怯怯的
眼睛剜了陈陌生一下，没有喊出声来。陈陌生微笑着蹲下
身来，他缓慢地伸出手去，拢了拢毛毛的头发，将身上的
一只金怀表摘了下来，挂在毛毛纤细的脖子上。金怀表轻
微地晃动了一下，这时候陈陌生说，你不喊我干爹，那我
喊你一声干女儿。

陈陌生就喊了一声，说，干女儿。

毛毛应了一声，她也忧伤地笑了，露出一排洁白的
牙齿。

刘快手留在了陈陌生的身边，他说我的命以后就是陈

先生的。刘快手想，陈陌生那天在拳台上可以没有悬念地将他打死。而且，如果没有宝珠小姐的那碗鹿血，我也可能永远不会醒来。

听了这话，陈陌生转身，诧异地望向丽春，可是丽春那时已经不在他身后。他顿时觉得，身上的每一根血管里都跑动着小约翰一双无助的眼。后来他终于晓得，宝珠那天借走万金油的那把短刀后，最终还是噙着两滴泪折了回来，她将刀柄递到了丽春的手里。丽春看了一眼床上依旧昏迷的陈陌生，这才听见约翰在窗外凄清地鸣叫了两声，声音像是从很远的一片树林里传来。

丽春后来端着发烫的鹿血踩上吱呀作响的楼梯时，感觉那只碗异常沉重，虽然，碗沿的四周只是漂浮着一些泡沫。宝珠不敢看他，泪水涟涟地将身子背转了过去。她后来一直在颤抖，让丽春觉得她仿佛是宋公园里一截刚抽出嫩芽的柳条。

10

陈陌生第二次走进张公馆的那天，四周闷热得如同一只密闭的铁桶，让人觉得空气很不够用。华格臬路上，一朵阴沉的云始终不肯离去，似乎等着有人爬上三楼后伸手将它摘下。陈陌生想，一场暴雨已经在路上。

黄忠贵走在陈陌生的前面，她似乎听清了陈陌生心里的那句话，所以像平常聊天一样地说起，是该下场雨了。

张大林这一次在书房里撤掉了巨大的屏风，他坐在一面宽阔的书桌后，像是自言自语地说，他们说我作恶多端，臭名远扬，我刚才数了一下，手上总共欠了七十二条人命。就在昨天，有人要设计我，把静安寺路上的绿灯切换成了红灯，射出的子弹连成一片。但他们哪里知道，我的轿车是防弹的，没有炸药包，他们奈何不了我。

陈陌生静静地看着张大林，耐心地等待他将所有的话都说完。他想，张大林敞开一个盒子，抓在手里把玩的那把枪始终对着自己，说明他其实还没最终想好，是否要招自己为贴身保镖。所以他后来忧郁地说了一句，当保镖太危险，我还是愿意为虎爷看着大世界游乐场。

张大林饶有兴致地将一双眼抬起，他看见窗外的那场雨果然还是落下了。所以他将那把枪很优雅地朝着陈陌生扔了过去，他说既然我已经决定了，你就不能再选择了。

陈陌生伸手，在空中接住那把枪，随后让它安静地躺在自己的手掌里。他原以为这会是一个绝佳的机会，但就在枪到手的那一刻，他便十分清楚，枪膛里根本没有子弹。

张大林开心地笑了，非常爽朗的笑声有点做作，也有点夸张，撞上四周的墙壁后才纷纷掉落下，像是在那块厚实的地毯上慷慨地撒了一把细碎的银两。陈陌生就是在这阵笑声中心情疲惫地离开了书房。他没想到，这个年过花甲的男人，内心竟然如此顽强，远超他之前的想象。

在张公馆，可以拿枪的，只有丽春在华格臬路上见过的那群歪歪斜斜的外围保镖。一旦进了那扇铁门，所有的人都要被搜身。哪怕是一枚剃须刀片，也要在黄忠贵的注视下慎重地摆进一个红木做的托盘，除非你是日本人。所以陈陌生这天走出书房时，在门口等候多时的黄忠贵就伸手示意他交出那把枪。她说这是规矩，不能乱了，你也不能除外。

越过黄忠贵肩头瀑布一样的长发，陈陌生盯着窗外那场不想停下的雨，似乎看见又一个想法落空了。

11

时间过了两个多月，张大林始终不出门。作为贴身保镖的陈陌生，白天黑夜里空提着两个拳头在张公馆里进进出出。他甚至都不需要走进二楼的书房，因为过来找张大林谈事的都被搜过身，他只负责监视。陈陌生觉得，他原本的一双手脚真的是被张大林给收去在身边了。张大林留给他的，只是一把捏得出水的光阴。

在黄忠贵的眼里，陈陌生渐渐爱上了院子里的那群蚂蚁。她想，现在连蚂蚁都比这个男人要来得繁忙，他或许恨不得挥拳砸向一堵墙。

那天万金油在秋风渡里喋喋不休，他说要照这样等下去，年迈的张大林自己都要走进棺材板了。丽春说你就少说两句吧，你牢骚一句他又不会早死一天。陈陌生巴不得把万金油啰唆的嘴皮给缝上，他甚至觉得万金油的言语里有风凉，所以目光凶狠地将一片巴掌落在了桌板上，让一个茶杯盖跳起后翻了个身。

丽春觉得，万金油变了，陈陌生也变了。他们怎么会如此暴躁！

此时，刘快手坐在桌子的另一端，他正在给淮安的家人写一封简短的信。他在信里对毛毛说，等过了这一阵，你爹我就回来了。你干爹最近心情不好，我对他有点担心。真希望上海下一场毛毛细雨，让他们都静一静。

张大林在这个冬天里同意了女儿的一门亲事。他从黄忠贵的嘴里得知，毛脚女婿整天埋头在古风盎然的线装书里，对老祖宗的众多往事沉迷得一塌糊涂。可是走到阳光下，也是提着一把折扇，风雅曼妙得不行。张大林于是不住地点头说好好，跟古人交往，不会有纷争。这方面，我愿意是他的学生。

正月初五，毛脚女婿牵着张家唯一一位小姐的细腰，推推圆框眼镜的镜腿，对着一枝蜡梅说，上元节眼看就要到了，我想起了那些大唐的女子。一年里也只有那么一天，她们可以戴上五彩的面具，走上解除宵禁的长安城街道，一路赏灯猜谜，偷偷观望那些仪表脱俗的翩翩少年。

张大林听他一口气将那些芳香扑鼻的话说完，并从女儿的眼里看见了她对长安城如痴如醉的向往，便抿了一口茶说，我们可以把长安城搬过来。

可是搬到哪里好呢？

黄忠贵说，家里肯定是不行的，你这么大一把年纪，疯疯癫癫的别让上海人笑话。张大林说对的，又敲了一下脑门说，把黑森林腾出来。

福州路上的荟芳阁在第二天就收到了张大林的局票，点名要的就是宝珠小姐，时间是正月十五。并且特意加了一句，记得戴上送来的面具。黄忠贵后来得知这事时，嘴里像是被一碟陈醋呛了一口。她想，这事自己最好还是离远点。

但有些事黄忠贵还是躲不开的，比如说之前张大林和杜先生一起观战拳王争霸赛的那间简易房，现在要改造成两位亲家初次见面的酒会包厢，而聚光灯下的那个拳台，则要改成一个戏台。想起那些铿锵的鼓乐以及四处穿梭的牛头马面，黄忠贵不免觉得啼笑皆非又风生水起。

宝珠后来提着那个匪夷所思的面具来到秋风渡石库门时，她问陈陌生，会出事吗？但陈陌生却反问了她一句，要是会出事，你觉得他们会叫你吗？

宝珠觉得，她算是白问了。但她又想，不管怎样，反正陈陌生也会在那儿。她也想在月圆之夜仔细看一眼这个男人。她决定一眼看个够。

12

黑森林拳馆决定要办一次游园活动，那么大的动静，没几天就在方圆几里地传开了，大家都在翘首企盼。

上元节那天，夜幕还未降临，宝珠便带上那个面具，抱着一张古琴，一个人坐上了黄包车。她想，自己终于还是出局了，很多事，老天说了算。而头顶的那片天，看不出有一丁点的阴沉，心仪的圆月已经准备出场了。

张大林的包间内外，挤满了喜庆的面孔。许多受邀而来的先生小姐，已经急不可耐地试戴起了面具。

一张圆桌落在包间的正北方，张大林和他的亲家坐在上首。两人捧着手里的茶碗，在一派大红的装点中笑容相迎。四个角落里，站立的是陈陌生和另外三个保镖。

按照黄忠贵之前的安排，包间里刀枪不入。所有的人，哪怕是身上的一枚银元或是一把钥匙，也要交出。黄忠贵并且加了一句，桌上的一应器皿，都必须是瓷的，不能有半片金属。

宝珠远远地下了黄包车，因为黑森林的门外聚满了人，各色小贩和观光者摩肩接踵。宝珠掏出局票走进拳馆时，一个戴着面具的服务生便接过她的古琴，径直将她送往了那个披红挂彩的包间。宝珠在路上羞涩地问，现在就要把面具戴上吗？可对方像是没有听清她细瘦的声音，也或者是根本不想回答她。

后来的事实证明，服务生是不想开口。

宝珠后来首先抬腿走进了包间，她看见张大林瞄了她一眼，便再次低头抿了一口茶。宝珠想，陈陌生应该就站在她的身后。所以她招招手，示意门外的服务生将那张古琴抱进来。可是她没有想到，就在服务生跨过门槛，踩上那片垫高的木板的一刻，整个身子突然变得僵直，然后就急切地想要抽腿离开。但是一切都来不及了，宝珠只是听见唰的一声，就看见一把尖刀锋利地刺穿服务生的黑绸长裤，直直地插在了木板上。

那把尖刀在木板上晃了晃，宝珠觉得有点眼熟。顷刻间，四周冲上的人手就将服务生团团围在了中间。宝珠虽然看不见服务生的一张脸，但她知道，对方肯定很失望。

陈陌生上前，一把扯下了服务生的面具，宝珠那时差点叫出声来。和陈陌生一样，她也没有想到，站在眼前一脸茫然的竟然会是万金油。

但是万金油没有给陈陌生留下犹豫的时间，他的一记重拳直接捶落在了陈陌生的脸上。陈陌生扭头，擦了一把鼻头流出的血，看见万金油已经被一众保镖拿下。

万金油趴在地上，两眼喷射出血红的光，一双手还想去抓起那把插在木板上的匕首。陈陌生上前，拔出那把刀，直接插进了万金油的手背。万金油惨烈地叫了一声，那只手便和木板长在了一起。

　　我是丽春。事实上，那天我和刘快手就站
在包间门外的不远处。和万金油一样，我们也
戴着可笑的面具。出发之前，我们三人原以为

140

可以对陈陌生瞒天过海，只要万金油一得手，这人山人海的，逃走两片脚是太容易了。退一万步说，哪怕我们触了霉头没有成功，陈陌生也可以不动声色地继续留在张大林的身边。

万金油是被那把想要插进张大林喉管的匕首给出卖了，或者说，我们是掉进了黄忠贵的陷阱。就连我哥陈陌生也不知道，黄忠贵在那片垫高的木板下，偷偷摆放了三块厚重的磁铁。我现在都可以想象，万金油抱着古琴，自作聪明地踩上那块木板时，那把匕首或许在他腰间痛苦地挣扎过。

事实证明，我们是搬起石头砸自己的脚。这事过去几天以后，陈陌生在我们面前脱下那双胶鞋，他掀开右脚的鞋垫，最终掏出了一块刀片。他说这刀片原本应该留在张大林的喉管里，但你们让我的计划落空了。

宝珠记得，陈陌生那天从万金油的手背上拔出那把匕首时，血像是一朵绽放的玫瑰，与包间里吉庆的红色辉映成一片。她知道自己将永远无法忘记这个上元节。

陈陌生将被捆绑成一只粽子似的万金油推到了隔壁腾

出的另一个包间。没过多久，他又再次出现在宝珠的眼里。宝珠看见他走到张大林的跟前，在张大林耳边私语了几句，张大林便站起身子。临走前，张大林没有忘记抱上一个摆在身边的木盒。

万金油倒在地上，看见张大林满脸困惑地朝他走来，于是开心地笑了。他说虎爷你得赶紧放了我，不然，等你回去张公馆时，看到的会是金镶玉的一具尸体。

张大林抬头，眼里飘满了灰尘。他仔细地想了想，又毫不犹豫地打开手里的木盒，抓出一把枪交到陈陌生的手里说，我还是愿意看到他先死，动作快点。

陈陌生于是接过枪，而且的确异常迅速地打开保险。枪口抬起时，两颗子弹便顺利地送进了张大林的眉心处。

黑森林拳馆全乱了，刘快手牵起宝珠小姐的手，直接往门口冲去。那时，头顶枪声大作。

涌泄的人群中，万金油最终留在了那片曾经的拳台现在的戏台上，他是被张大林手下的一颗子弹追上的。丽春后来想将血肉模糊的他背起，但他却将丽春一把推开。他的嘴角挂着面条一样的凝血，有些生气地说朱丽春你这个小赤佬，你在这里欠过我一包烟，你的大胜利牌香烟一直没有买来。说完这一切，万金油的眼神渐渐散了开去，最后他有气无力地说，你吹牛皮。

丽春终于想起了陈陌生人狗大战的那一场，他的确忘了答应过万金油的那包烟。但他没想到，万金油竟然一直等着，仿佛是等了一辈子。

久违的蔡公子也死在这一场混乱里，他在黑森林的门口碰见了陈陌生。陈陌生觉得这是天上掉下来的一只馅饼，所以他抓紧时间，不由分说地让拳头砸了过去。蔡公子惊惶地一闪躲过了，瞪着惊恐的眼不停地喘息着，陈陌生微笑着捏起了拳头，拳关节咯咯地响了起来。蔡公子转身就跑，这时候他听到了风声，心底不由得发出一声哀鸣。他宽阔而扁平的脸碰上了刘快手的拳头。刘快手的拳头已经很久没用了，他都担心会生锈，所以他连续送出了三拳，让蔡公子的头陷进了那片被撞穿的砖墙里，然后又很快地拧断了对方的脖子。

蔡公子在这个多事之夜像一条癞皮狗一样，头部深陷砖墙，身体软塌塌地挂在墙体上，像一只在阳光下翻晒的巨大的酱鸭。他至死都不清楚，他到底是哪里突然之间惹怒了陈陌生。就此，刘快手也有相同的疑问。但刘快手不会问，他出门的时候，基本上都会忘了带上嘴。在蔡公子真正断气之前，他的眼前海市蜃楼般浮起荟芳阁门口血肉模糊的朝天门的身影，朝天门仿佛朝他笑了一下。然后蔡公子的眼前慢慢地变得越来越暗，终于呈现出一片辽阔连绵的黑色。

陈陌生和刘快手离开这只癞皮狗，一切都安静下来，只有一丝风轻微地跑过。好久以后，在这幅静止的画面中，一枚树叶面无表情地飘落在癞皮狗的身边，并且正面朝上。

黄忠贵终于穿上了那身旗袍。打开那扇铁门时，她似乎意犹未尽地望了一眼身后的二楼书房。书房的窗户依旧紧闭着，她似乎能听见张大林站在那里对陈陌生说，我还是希望先看见万金油死。听到这一句时，黄忠贵觉得眼里下起了一场雪。现在她开始由衷地佩服那个名叫陈陌生的男人，他竟然在那么短的时间里能对张大林编织出那样华丽的谎言，以至于张大林愿意抱起木盒，跟他走到万金油的身边。而事实上，黄忠贵那时正幽静地坐在自己的房里，目光清澈地翻看着她还是叫金镶玉时的几张泛黄的照片，那是她难得的一段清闲时光。

黄忠贵走出华格臬路180号时，正是上元节后的第二天。那时，原先只是下在她眼里的一场雪，果然就在头顶纷纷扬扬地抵达了。

黄忠贵踩着脚底未及融化的雪越走越远，没有再回头。

第叁弹：较量

1

1958年的盛夏，一位六十二岁的日本老人在他位于美国纽约的寓所里举棋不定。他想写一本回忆录，以记述许多年前的那场战争中，一些胸怀大志却又犯下众多过错的人的悲剧性经历。可是等到提笔时他才发现，记忆里那些盘根错节的故事却是在他那样的年纪里难以一口气说完的。

老人名叫伊藤骏，二十年前曾经生活在中国的上海。因为热衷于当时日本国内所谓的"和平运动"，他成了有名的特务机构——上海梅机关的一名负责人，并且深受机关长影佐祯昭的赏识。

伊藤骏后来完成了那本名为《黄浦江川流不息》的回忆录，原因是他最终放弃了一部分宏伟又细致的计划，比如说忍痛删掉一些令他记忆犹新的章节。而这其中的事件，据说就围绕着一个名叫陈陌生的中国男子而展开。

关于这段未能面世的故事构成，如果要换一个角度，用另外的一种方式来叙述，大体上是这样的：民国二十八年的十一月，伴随着一场冷雨，少年丽春眼里的上海一脚踩进了秋天。陈陌生带人前往威尼斯赌馆的那天，是在一个平常的黄昏。丽春记得，四马路上最早的一批梧桐落叶躺在他们脚下沙沙作响。

一路盯着那些离开枝头的叶片，刘快手想起的却是他写给女儿毛毛的一页页信纸。刘快手的老家门口也有这样一排相似的梧桐，他想，遥远的淮安这时也已经是秋天了。

陈陌生就是在五天前的那场冷雨里接到了重庆的密信，军统局的上海区重整计划里，他将会是主要的负责人。事实上，在过去的日脚里，陈陌生基本是在孤军作战。虽然他们已经将几十个大大小小的宪兵队头目及各色汉奸送进了坟墓，并且有几家电台和报馆称他们为重庆方面的大唐行动队，但陈陌生甚至并不知情，军统局其实早就重组了上海区。而就在三四个月前，在那个啤酒和冰激凌盛行的夏日里，极司菲尔路76号的人员是在街头如同遇见一个多年未见的故友那样，拍拍军统上海区区长黄天木的肩膀，看上去十分友好地将他从人群里给带走了。随之，上海区被丁默邨的特工总部整个摧毁。

这些久远的往事对陈陌生来说却是很新鲜，有那么一刻，他觉得自己此前似乎是生活在上海的一节下水道里。那些水泥与方砖让他与世隔绝，听不见也看不着。他甚至想，那么长的时间里，戴老板或许是将他当作了一捆泛黄的旧报纸，很随意地扔在了一个发霉的角落里，并且将他深深地遗忘了。

但就在那封密信里，戴老板却说，是到了起用你这枚冷棋的时候了。

陈陌生对着那封密信看了无数次，转动几圈僵硬的脖子时，他听见那些松动的筋骨发出一场愉悦的声响。再次抬头后，他看见的是秋风渡石库门那扇爬满了爬山虎的老虎窗外，雨已经停了，似乎正是那些上海文人所说的秋高气爽以及云淡风轻。

丽春记得，大唐行动队那时已经有了一些新的人手，比如说家住杭州拱宸桥的许仙和从来不吃大蒜的杨忌食，再比如说后来加入的陈塞外以及陆大安等。每隔一段日脚，可爱的陆大安就要将头皮刨得精光。他站在苏州河畔的月色下时，就像是头顶了一碗刚刚舀起的河水。所以丽春在中秋节那天叫了他一声方丈，他说如果我哥剃刀金还在的话，就轮不到我朱丽春给你刮头皮了。我哥他闭着眼睛也能给金家俺地里的所有冬瓜剃毛。

可是，陆大安却是有家室的。为此，陈陌生曾经同他商量过一次，让他叫冯真真早点回去余杭的塘栖镇老家。但陆大安却抓着光溜溜的头皮说，你没觉得有她在我会更有劲吗？陈陌生低头想了想，又把那些可能会扫兴的话给咽了回去。

威尼斯赌馆所在的福州路其实就是上海人说的四马路，丽春在经过荟芳阁的门口时，还是忍不住往里头望了两眼。虽然他知道，宝珠小姐是早就不在了，此时她应该是在云南的昆明，坐在西南联大法商学院的教室里。他和陈陌生是在这年的正月末尾送宝珠小姐离开上海的。临别前，他听见陈陌生说宝珠小姐的这一双手更适合去翻开书本，上海总有一天会给她留下一张书桌的。那天丽春就站在陈陌生的身后，他偷偷瞄了宝珠小姐很久，原本想说上几句类似于保重和祝福的话语，但后来想想，还是不要那么冒充斯文了。

陈陌生在那个秋日里却没有时间去想宝珠小姐，在他脑子里盘旋的只是一个男人的名字，他叫苏三省。按照戴先生那封密信的陈述，苏三省应该在这天的凌晨时分已经到达了上海。

人声鼎沸的威尼斯赌馆一派乌烟瘴气，它和静谧的秋风渡似乎顶着两爿不同的天。所以陈陌生那天渐渐觉得很闷，并且看见四周不断穿梭起鱼群一样的眼。他似乎感觉自己成了挂在南京路玻璃橱窗里的一件新式旗袍，有很多行人驻足观看。所以仅仅是几个回合下来，丽春便发现，陈陌生这天的手气差得一塌糊涂。

丽春正在独自叹气时，那枚绿色的筹码就被一个挤上前来的陌生人悄无声息地塞到了陈陌生的手里。陈陌生轻轻转头，在记忆中迅速展开了搜索，可是却苦于无法抽离出那个淡定离去的背影。他后来只是记得，那天的绿色筹码上，对方只写了一个字：走！而飘逸的字体却不免令他赞叹。

陈陌生笑笑，右手的拇指很轻易地将那个字给抹去。随后他便像是一个孤注一掷的败家少爷，将手头所有的筹码全都给推了上去。

竹筒里的骰子很快就被开出。丽春甚至都不敢睁眼，但不出他所料，陈陌生这回果然还是输了。他看见陈陌生举起一双大手拍落在了桌面上，双眼只对着桌子尽头的刘快手说，真他妈的见了鬼了。然后他起身推开了一个送水的伙计，骂骂咧咧地朝着门口走去，很快就站到了门口那块烫金的威尼斯牌匾下。

那天的夕阳里，陈陌生眼看着一辆摩托车在自己身前缓缓停下。还未等车主将车熄火，陈陌生就猛地抬起拳头将他打翻。丽春看见陈陌生又抬腿踹了一脚车主，很轻易地从他手上抢过了那辆摩托车。等到催动油门后，陈陌生便转身朝着追赶过来的一群人送出了几颗子弹。也就是在这时，守候在福州路上的杨忌食和陆大安他们终于回过神来。在他们的记忆里，这是大唐行动队第一次遭遇上了埋伏。

丽春那天是在逃脱时才发现胳膊处的刀伤的。那些止不住的血每隔几步就掉落一串在地上，一路跟随着，像是存心想要出卖他似的。幸运的是，他后来在荟芳阁附近的弄堂口遇上了一辆斜刺里插出的黄包车，车夫诧异地看了他一眼，随后扔下手中的半截烟头惊恐地说，先生你伤得不轻啊。

幸运的是，梅机关特务科科长荒木惟的黑色别克车经过荟芳阁门口时，丽春刚好登上黄包车不久。他那时在篷布下侧过身子，听见好心的车夫回头咳嗽了一声。

陈陌生是在这天的后半夜才回到秋风渡石库门的。一进门，他就在丽春的眼里迫不及待地打开手中的一瓶泸州老窖大曲酒，将它们像凉水一样倒进了嘴里。很快陈陌生就把自己给灌醉了，有几滴酒洒进他的眼里，让丽春觉得他像是刚哭了一场。

当天丽春一直没有等到刘快手回来。他只是记得，陈陌生跨上那辆摩托车，等刘快手冲出赌馆坐上后座后才一把提起了车头。但他并不知道，上了摩托车的刘快手后来被两颗子弹给追上了，所以他就像一包麻袋那样从陈陌生的背后滚落了下去。而等到陈陌生掉转车头想要回去时，密集的子弹就已经铺开了一张网，差点就射碎了车主挂在把手上的那瓶泸州老窖。

工部局是与福州路上众多的妓院赌馆挤在一块的，枪声过后，荒木惟几乎是和巡捕房一同赶到了事发现场威尼斯赌馆。英国探长威尔逊那天可能是忘了戴眼镜，所以他看见荒木惟的手下在夜色里抬着一团白色扔进了卡车的后车厢。等他走上前去时，总算看清，扔进车厢的其实是一个穿了白衬衣的男人。

刘快手知道自己身中两枪，他被戴上镣铐，蜷缩在那块卡车挡板后眼神黯淡。威尔逊探长很快转过身去，他对荒木惟说，我还以为你们抬走的是一袋面粉，一起去局里做个笔录吧。

荒木惟好像并没有听清对方说了什么，他只是迎着探长的眼光说，你这地界刚刚发生了枪战，我的两个部下死得很惨，希望你能给个说法。威尔逊站在荒木惟车灯打出的光圈里沉默了一会，他后来仔细盯着梧桐树上一群赶着夜路的蚂蚁，忽然就觉得这帮可怜的小东西可能是被枪声给吓醒了。许久后，他才潦草地说了一句，那就明天再说吧。收队。

威尔逊后来是在和荒木惟一起查看现场的路上见到那个摩托车车主的。陈陌生的拳头曾经亲切地落在了他的脸颊上，所以他那时正捧着自己的牙叫苦连天。威尔逊不胜烦恼，他揉揉酸涩又疲倦的眼角，瞟了一下荒木惟后又很不耐烦地对车主说，还想要什么摩托车，能留着两条腿就该感谢仁慈的耶稣了。赶紧回去看牙吧，刘芬芳牙科诊所不错的。

2

苏三省找到纸条上的那个地址时也已经是半夜。他知道，几个小时前的威尼斯赌馆门前，突然将他打翻的那人应该就是陈陌生。陈陌生的拳头落下时，又将一张纸条塞进了他的嘴里。苏三省后来一直含着那片纸，他不敢在巡捕和宪兵的面前将它取出。所以在现场解禁后，当英国探长威尔逊陪同荒木惟一起走到自己跟前时，他就非常痛苦地捧起了自己的牙。

不过，就在寻访到这里的一路上，苏三省还是觉得，陈陌生的那一拳其实没必要打得那么狠。再怎么样，接下去的那一腿也是多余的。他想无论如何，这笔账都要给陈陌生记着。他担心自己的脸是不是被打歪了。

可是就在苏三省拐进汉口路的那一刻，就有双眼在他背后盯着，一直到他推开房门。苏三省是独自一人，他离开福州路赶到这里的时间差也是正常的。所以藏在暗处的陈陌生可以确定，出卖他的并不是苏三省。但他还是决定，近期内放弃和苏三省的接头。

丽春后来渐渐明白，陈陌生对身边叛徒的排查是在第二天就开始了。

那天早上，陈陌生虽然酒气未消，但却还是提笔写下了几份接头暗语，并让丽春去原本设定好的几处消息墙给张贴上。丽春知道，陈陌生这是要约见许仙和陈塞外他们，但陈陌生这次却分别选了不同的时间和地点。

许仙他们都住在上海不同的角落里，像散落在各处的草籽，平常之间互不往来。如果没有接到附近消息墙上的"嵌字"通知，他们不会知道陈陌生身在何处，哪怕是秋风渡石库门这个地址。

丽春那天走出弄堂口的时候，碰巧又遇见了前一天用黄包车送他回来的秦师傅。秦师傅将一条洗得破败又发黄的毛巾甩上了肩头，说怎么这么巧。他又转头看了一眼丽春的胳膊说，当心伤口化脓，你要涂点云南白药的。丽春麻利地坐上了秦师傅的车子，他听见秦师傅欢快地摇响车头的铃铛，瞬间就跑得像一阵凉爽的风。没过多久，两人就一起消失在了人群里。

3

我是丽春。意想不到的事情就发生在我和他们四人分别见面的最后一场，陈陌生那次将地点选在了吕班路法国公园门口附近的一家茶楼里。我记得那天是礼拜天，法国公园的四周人满为患。晴朗的天空下，到处都是洋人多此一举的凉伞和遮阳帽。

莫奈尔茶楼里，坐在我对面的是许仙。许仙低头喝了一口茶，左右扫视了一眼说，陈哥怎么没有来？

我盯着他的眼说，刘快手被捕了。陈哥让我告诉你，杨忌食是叛徒。

后面一句话是我编的，陈陌生之前告诉我，叛徒的名字由我定，每次只要随便我说一个人的名字就可以。

许仙将茶碗盖上，一双眼飘落在我身后的不远处，好像那里就站着一个杨忌食。他后来说，知人知面不知心，不吃大蒜的人嘴巴最臭。被他这么一说，我觉得我有点对不住杨忌食。因为我和杨忌食见面的时候，说陆大安是叛徒，但杨忌食却说，不可能吧，他家里还有女人呢。我说有女人又怎么了？杨忌食说，男人是和尚，女人是庙，他陆大安逃得走，但冯真真这座庙却搬不走。我说那你觉得叛徒会是许仙吗？杨忌食就笑了，他说陈哥这是让你来设计我。这事不能急，但总会水落石出的。因为抬头三尺有神明的嘛。

想到这里时，我还真的就在许仙的眼前抬了一下头。那时，我正好见到坐在门外一棵桂花树下的陈陌生将手移向了腋下。我知道，那里藏了一把枪。

果然，只听见空中炸开啪的一声，所有的人都被惊呆了。只是翻过一页书的时间，四周就乱了。我抓过桌上必须要戴的帽子，对许仙说，还不快走。

许仙说分头走，他可以走后门。

4

那天，梅机关特务科的人员就散落在法国公园以及莫奈尔茶楼的周围，荒木惟亲自带队。因为没有见到陈陌生，荒木惟曾经犹豫是否要下手。但他觉得，至少丽春是陈陌生身边的人，他知道陈陌生躲在哪里。可是他没有想到，就在他朝身后一挥手时，空中却响起了一记枪声。荒木惟的双眼于是在第一时间里撒开了一张网。更加出乎他意料的是，视线落定时，他看见窗外的不远处，那个将枪收起的男人竟然是他在神户特工学校时的同学，据说后来又留校担任侦查术教练的浅见泽。

所以荒木惟也被这一幕给惊呆了。他看见四散的人群如同一条水位突然上升的河，而丽春就像一条鱼一样钻了进去。顿时荒木惟感觉全身乏力，再也没有心情去应付这个上午冗余的时光了。

丽春要到这个秋天将要结束以前才会知道，之前有那么几天里，一个名叫浅见泽的日本特工一直在暗中观察着秋风渡石库门里住着的陈陌生。

而在浅见泽的眼里，从威尼斯赌馆逃脱后的陈陌生是那样的气定神闲。他每天都穿得十分干净体面，时常端着一杯咖啡走到阳台上。他并且抓起一把玉米，神情怡然地给他那群胖嘟嘟的鸽子喂食，仿佛那是他一帮年幼的孩子。只是在这期间，浅见泽却没有见到任何人造访过这处寓所。

事实上，就连丽春之前每一次和陆大安他们的分头见面，也都清楚地发生在浅见泽的眼皮底下。但浅见泽十分清楚，丽春约见的这些人不可能是苏三省。陈陌生连续几天不厌其烦的举动，目的只是为了甄别身边的奸细。

浅见泽告诫自己不能应了中国人的那句老话，捡了芝麻却丢了西瓜。因为在奉命离开日本来到上海前，他得到的指示是要获得军统上海区的整个重整计划。就此，他一直担心着荒木惟的判断力和耐心程度。

那天的茶楼外，浅见泽的确拔出了腰间的那把南部十四，并且将枪口对准了天空。那是因为他突然发觉荒木惟的手下就要上前围捕丽春，而他想要制止已经明显来不及了。所以与其说是他想救一回丽春，倒不如说他是想帮一把荒木惟。也或者，是要给驻扎上海的梅机关一个交代。他可以确定，荒木惟一旦控制了丽春，秋风渡里就再也不会见到坐在阳光下品着咖啡的陈陌生了，他欲擒故纵的计划也将被荒木惟的贸然行动全盘打乱。奇怪的是，有过那么一两次，浅见泽竟然觉得自己对秋风渡里那片寂静的秋日有了一丝眷恋。他想，难道是因为陈陌生手里那杯咖啡飘荡出的香味？

可是，浅见泽这天却并没有开枪。

在他正要扣动扳机的那一刻，空中却突如其来地提前炸开了一声枪响。这让浅见泽非常纳闷，同时也有点欣喜。他感到自己的左眼皮犹如经过一场电流般，啪嗒一声跳动了一下，紧接着，又是一下。也就在这时，他看见荒木惟向他投来了急匆匆的一瞥，比波光还要凌乱。

浅见泽可以想见，荒木惟是无论如何也不会相信背后的事实了。他甚至没有信心去将这一切向任何人给解释清楚，所以他决定该去虹口区一趟了。他知道，在虹口区那座名叫梅花堂的小楼里，梅机关的长官伊藤骏先生已经等候了他十多天。

荒木惟再次见到浅见泽就是在梅机关伊藤骏的办公室里。卫兵替他将门推开时，他有过一阵诧异。伊藤骏挂在墙上的那幅梅花图下，浅见泽像一棵纹丝不动的棕榈树一样，似乎已在那里等候他多时。

　　但浅见泽却并没有同他打招呼，似乎这一切都在他设定好的程序里。荒木惟于是觉得，这个浅见家族的男人，依旧是学生时代那种不讨人欢喜的我行我素和目中无人。

　　以和善著称的伊藤骏似乎看见了隔在两人之间的一块冰。因为除了曾经是深懂政治的内阁秘书官，伊藤骏还是一个颇有想象力的小说家。早在十五年前，他就凭处女作《我行走在空中的父亲》而在日本文坛站稳了脚跟。那部小说里，令读者记忆深刻的，就是作者伊藤骏对复杂心理的细腻描写。来到中国后，他又和机关长影佐祯昭一起，接触高宗武，继而又诱降了汪精卫。而就在不久前，影佐将军委托他的又一项任务就是对付陈陌生。为此，他想到了记忆中玉树临风的浅见泽。他想，军统局上海区不能再让那些重庆来客重整旗鼓了，否则，那将会是东亚和平计划的一块绊脚石。

　　伊藤骏喝下一口茶，清了清嗓子，说你们两人不用我再介绍了吧。

　　荒木惟是在接下去的寒暄里才知道，这是浅见泽来伊藤骏办公室报到的第一天。他虽然早就来到了上海，却一直独自生活在不知名的角落里，而且他已经有了另外一个身份，那就是奔跑在上海街头的一个黄包车夫。荒木惟无法忘记伊藤骏那天背靠在沙发上，心情愉悦地对他说，你知道你这老同学给自己取了个什么名字吗？告诉你，他叫秦师傅，秦始皇的秦。

对此荒木惟不会有任何的怀疑，因为就凭浅见泽那口流利的中文，谁也不可能想到他是个日本人，而且还是一个顶级的特工。

伊藤骏说完，笑声变得更加爽朗了。他说他有一种冲动，要把这个秦师傅写进自己日后的小说里去。

当着伊藤骏的面，浅见泽后来说，他能看出许仙是已经被荒木君给控制了。但这人目前价值不大，因为他甚至不知道陈陌生住在哪里。荒木惟无言以对，因为浅见泽的确说中了事实。但他还是说，浅见君，那你能解释一下上午在茶楼外开的那一枪吗？

浅见泽觉得，该来的还是来了。他在伊藤骏疑惑的眼神里站起身子，什么也没说，只是让目光停留在墙上的那幅梅花图上。他觉得画中的那句诗词很适合他此时的心境：驿外断桥边，寂寞开无主。但他后来还是回转身去说，我和荒木君的想法不一样，我觉得我们目前不能动许仙，而是要保护好许仙。

事实上，浅见泽只是给自己找了个平缓的台阶。他那时心里真正想的是，许仙还有没有生机已经不重要了，重要的是陈陌生还留在秋风渡里。但这样的想法，他只留在心里跟自己说。他并且觉得，这天上午的那一枪，就是陈陌生开的，虽然他那时的确没有见到陈陌生的身影。

5

我是丽春。同浅见泽一样，我当然也认为那一枪是陈陌生开的。但后来的事实证明，我错了。陈陌生说，当他发现荒木惟的手下向我和许仙走来时，他原本是想开枪掩护我逃脱的，但还未等他从腋下的枪套里拔出那把枪，另外的一颗子弹却炸响了。

无论如何，我能确定许仙就是叛徒。我记得陈陌生要和苏三省见面的那天，许仙就是临时主动要求增补进外围保护的。要不然，他哪里知道威尼斯赌馆这个接头地址。

我想陈陌生也肯定是跟我一样判断的。要

不然，他后来就不会再去一次莫奈尔茶楼，并且发现，那里其实没有许仙说的后门。

可是，又有一件事情发生了。就在陈陌生决定叫上杨忌食他们一起去找许仙时，刘快手却突然手舞足蹈地回来了。刘快手虽然被两颗子弹跟上，但那都是轻伤，其中一颗只是削去了他左腿上的一块皮，所以他恢复得很快。但除此之外，他身上却毫发未损，根本找不出一处新的伤痕。刘快手说，他是在荒木惟的手下将他从医院里接回时找机会逃脱的，那时他身上并没有戴镣铐。

刘快手按动起十个指头的关节，他扭了扭脖子，一副很轻松的样子，一进门就让我给他找吃的。那样子，似乎在过去的几天里他只是回了一趟老家。但说实话，连我也怀疑他说的是不是真的。你说难道荒木惟竟然没有审讯他？谁不晓得小日本有多狠。所以哪怕真的是刘快手家祖坟冒青烟保佑他给逃脱了，那他身上也应该是皮开肉绽才是。所以我那时就想，为什么叛徒不会同时有两个？但这话我可不敢同陈陌生讲，我只能让它留在心里。况且陈陌生那时正在厨房里一阵忙碌，他让我帮他一起给刘快手炒几个好菜。

我看了一眼笼罩在灶台油烟里的陈陌生，又看了一眼窗外光着膀子正在冲澡的刘快手，似乎感觉又回到了当初三个男人生活在一起的热火朝天里。

可是当天夜里，陈陌生却把我给一脚踢醒了。我睁开眼，看见刘快手在床上睡得正熟，呼噜声打得此起彼伏。我想他应该是很久没睡得这么安稳了，更何况陈陌生这天还陪他喝了不少的海半仙同山烧。我正要问陈陌生有什么事时，他却伸出手将我的嘴给盖住了。

6

刘快手第二天早上起得很晚。醒来时他发现床头多了一沓钱，那是陈陌生给他留下的。陈陌生还在那张信纸里跟他说，带上钱回一趟老家吧，毛毛应该很想你。刘快手收起钱，又折好信纸塞进了胸前的口袋里。他觉得很贴心。

但刘快手并没有走，他要等陈陌生回来。

第一天夜里，刘快手没有见到陈陌生。他在灯下看了一眼挂在墙上的钟，揉揉眼睛，很早就躺下了。

第二天一早，刘快手上街买了一条鱼，又割了两斤肉，称了半斤花生米。回来后，刘快手杀了鱼，洗好一堆青菜，准备等陈陌生回来就淘米做饭。可是太阳都落下去很久了，刘快手的眼里还是一片空白。他想，自己的心都快等凉了，就从灶台上将两斤肉和那条杀好的鱼一起端进了菜橱里。这天下午，刘快手还去阳台上给陈陌生喂了一把鸽子。他摸摸它们生机勃勃的羽毛，感觉还是丝绸般的光滑，又自言自语地同它们聊起天来。他说你们可比做人要清闲多了啊，什么也不用操心。想了想他又说，是不是也在等陈陌生回来啊？

但是刘快手第三天下午来到阳台上时，就感觉自己在那群鸽子的眼里变得很陌生。他抬头望了一眼天空，发现那些云层走得比往常要匆忙，心里于是突然慌张了起来。他想，陈陌生是不是就不回来了？

藏在对面房子老虎窗后的浅见泽就是在这时看见，刘快手抓在手里的那把玉米突然就从他的指缝里滑落了下去，最终撒了一地。浅见泽后来还看见有两个陌生人夹紧衣衫缩进了弄堂里的屋檐下，因为外面的街道上起风了。

浅见泽不用想也知道，那应该是荒木惟笨拙的手下。所以他在心里狠狠地诅咒了一句，对自己的老同学，他只能表示彻底的失望。

那场雷雨到来的时候，狂风大作。有很多梧桐叶不带一丝眷恋地离开枝头，又在弄堂里四处飘荡，急着要寻找一处新的归宿。豆大的雨点也打落在秋风渡的阳台上，把陈陌生的那些鸽子吓得瑟瑟发抖，巴不得都将脑袋藏到翅膀里。刘快手就是在这时听见了一阵敲门声，他急匆匆地跑到楼下，原本空荡荡的胸口这才感觉踏实了起来。

刘快手将门打开时，差点被那阵狂风给吹倒。他擦了一把脸，抹去蒙上眼睛的一排雨珠后，见到的却是无数个黑咕隆咚的枪口。刘快手怔怔地站在门口的雨阵里，看见荒木惟在飘摇的雨雾中将那柄黑色的雨伞收起，并且认真地抖了抖，纷扬的雨水迅速从雨伞上掉落。荒木惟身后站着另外一个男子，他虽然在手里拎了一条发黄的白毛巾，但看上去却依然是个家境殷实的富家公子。纵然是在那个风雨交加的黄昏里，他的双眼依旧处变不惊，怎么看也不像是个黄包车夫。

和荒木惟不同，浅见泽对刘快手丝毫不感兴趣，他几个步子就迈进了厅堂。没过多久，刘快手就听见他急匆匆踏上木楼梯的声音。刘快手于是很快把前前后后给想通透了，他觉得自己是沿着荒木惟挖好的道，一步步踩进了对方给他预设好的陷阱里。而当他明白陈陌生为何会悄无声息地离开这幢楼房时，他就知道陈陌生是真的不会回来了。所以他不免有点伤感，两滴清淡的泪攀爬上了眼角。但刘快手还是没有忘记自己的拳头。他想，等他从秋风渡这场遮天盖地的狂风暴雨中冲出去后，他一定要找到陈陌生，将这一切都给解释清楚。

可是，刘快手用尽了所有的力气也没能冲出这幢小楼。他也曾经抢过小日本手上的两把短枪，但里头的子弹很快被他打光了。刘快手最后一次砸出自己的右拳时，荒木惟提起的军刀便砍落了下来。他看见自己的手臂像是一截被雷电劈开的梧桐树枝，直挺挺地掉落在了地上。随后又有一把军刀扎了过来，让他想起插进老家淮安水田里的亮得晃眼的生铁犁头，就那样哗啦一声地在他肚皮里赶了过去。刘快手知道，那些无可奈何滚落下来的，是他的一包肠子，他估计自己是怎么也塞不回去了。

刘快手后来躺在地板上气喘吁吁，他跟荒木惟商量说，你们让我休息片刻，等下再战。这时他看见那个富家公子蹲下身来，抓起那条发黄的毛巾替他擦去了额头的一团血珠。那人说，我是上海人，你可以喊我秦师傅的，你晓得陈陌生去啥地方了？刘快手便笑了，说，秦师傅的上海话学得地道，快赶上唱戏的了。秦师傅于是又给自己擦了一把汗，他说咱们不赶时间，慢慢来。

浅见泽和荒木惟后来一起看见，刘快手抬起左手的食指，蘸着自己在地板上流成一摊的血，一笔一画地慢慢写出了几个字：我不是叛……浅见泽觉得，那几个字还是写得不错的。

刘快手还没写完，手指却提在了半空中。他侧着脑袋思索了很久，然后才不得不问浅见泽和荒木惟。他说喂，上海的孙子，叛徒的徒字该怎么写？

浅见泽突然觉得耳朵里塞满了棉花，又像是身边刚刚引爆过一颗炸弹，虽然十分安静却又什么也听不真切，所以他将身子转了过去。

夜幕全盘降临时，那场雷雨也停了。浅见泽慢步走到湿答答的阳台上，他看见陈陌生之前的那只青花瓷咖啡杯依旧安静地留在一张小方桌上，而那场雨水，似乎让它显得异常晶莹，一滴水挂在上面欲滴未滴。他觉得很奇特，刚才那阵风风雨雨竟然没有将它打翻。所以他考虑了很久，捡起瓷杯后又走进房间，将它小心翼翼地搁在了主人的茶桌上，似乎担心它会在半路上跌碎。

荒木惟饶有兴致地看着笼子里的那群鸽子。很久以后，他才听见浅见泽走到自己的背后说，别看了，少了一只绛红色的，羽毛上有一团白色的斑点。荒木惟转身，看见浅见泽的身影已经走进了房间。荒木惟设计让刘快手逃脱既是为了引开陈陌生对许仙的怀疑，又是为了方便地寻找到陈陌生的住址。但他想，浅见泽为何到这时还是闷闷不乐的。

那天，在浅见泽的授意下，荒木惟的手下一连端了几盆水，却怎么也冲洗不净刘快手写在地上的那四个血字。

而几乎是在同样的时间里，丽春感觉陈陌生心神不宁。他在大华旅社的房间里站也不是，坐也不是，好像特别地心神慌张。到最后，陈陌生竟然猛地转身说，丽春我们得回去。

丽春还没明白过来这一句时，就看见陈陌生如同一只狮子般冲出了旅社的房门。那样子，好像是记忆中的刘快手猛然向门外甩出了一记重拳。

7

刘快手安然地葬在上海南站附近朱家库村的一片稻田旁。事实上，那块地原本就是朱丽春家的，地里是一片长势良好的杂草。那种随风摇曳的荒凉，引来过路的乌鸦几声苍凉的啼叫。陈陌生说，他之所以选中这里，主要是看上了那棵正要成年的樟树。他说它可以在日后给刘快手遮阴，因为他知道刘快手怕热。

墓碑其实就是一块临时找的木板条，陈陌生在上头写了"淮安刘快手在此"七个字，最后署名的是女儿毛毛。

泥土盖实后，陈陌生第一个跪了下去，丽春看见他一双手深陷进了泥地里。最先泣不成声的是杨忌食，他说快手兄弟，你怎么可以躺在这里，以后谁给毛毛写信？这时，陈塞外点燃了两个二踢脚，那仿佛受潮的声音把丽春的心都给震碎了。丽春在心里数了数，加上之前的贵良、花狸、万金油以及郭走丢郭小姐，他和陈陌生这两年里送走的人刚刚凑足了一只手。

陈陌生的头一直磕在地上，似乎他是打算要留在那里的一堆土。丽春后来将他扶起时，樟树底下突然就刮起了一阵风。陈陌生从袋里摸出几张准备好的纸，又掏出钢笔说，我兄弟刘快手他不知道叛徒两个字该怎么写。你们都写给我看，我这就烧给他，让他以后别再给忘了。丽春看了一圈身边所有人，第一个拿起了钢笔。写完时，他又来回仔细地辨别了两眼，确定没有写错后才将钢笔交到了杨忌食的手里。

许仙是接过陈塞外递来的笔后开始写的。此前，捏在他手里的纸片似乎就要被风给带走。等他握住钢笔时，手下的笔尖却在那张纸上不听使唤地抖动起来。他是那样的手忙脚乱，有好几次都在纸片上扎出了洞。这让丽春想起了陆大安发报时的手指。

许仙写了一半，终于写不下去了。那时豆大的汗珠从他的额头爆出，他满脸沮丧，眼看着没有抓牢的笔突然从手里掉落了下去。然后他扑通一声跪在了陈陌生的面前。他说陈哥我有罪，是我向荒木惟告的密，你留我一条命吧。风带走和笔一同掉落的那片纸，像是吹走刘快手墓前的一张坟头纸。许仙战战兢兢地跪爬到刘快手坟前，把头磕得跟打木桩似的。陆大安火冒三丈，抬起腿便将他一脚踢得很远。他说姓许的，你别给老子弄脏了这块土。

陈陌生像是什么也没有看见，他捡起地上的钢笔，擦去尘土后又将它放回了口袋里。风吹得更响了，就在他转身时，怒不可遏的陆大安却突然掏出手枪直接命中了许仙的脑门。陈陌生惊讶地看了一眼陆大安，看见他挺直了脖子说，陈哥咱不能便宜了这狗日的，该让他留在这里给快手兄弟守坟。

这天夜里，上海的郊外大雨滂沱，但陈陌生却一直陪着刘快手，他在那个坟堆前坐了一个通宵。到了第二天，他就病倒了。丽春送他去朱家库村自家的老房子时，一路上，他感觉陈陌生滚烫得如同一壶烧开的水。

三天后的那个上午，陈陌生迷迷糊糊地喝下一碗药汤，又在丽春的搀扶下坐到院子里去晒太阳。他先是听见朱家库村一群鹅鸭的欢叫声，于是在恍惚中想起了很远的湖南东安老家。在一条名叫紫水的河里，曾经也浮游着一群嘎嘎叫唤的红顶白身的肥鹅。他还记起十岁那年，当他牵着父亲的手走进长沙明德学堂时，衣衫几乎拖到鞋背上的白胡子先生给他们上的第一课就是写在黑板上的鹅鹅鹅，白毛浮绿水，红掌拨清波。紧接着，他又似乎看见丽春带着两个陌生人朝他走了过来。迎着那片并不刺眼的阳光，陈陌生总算努力地将两眼给睁开。他晃了晃脑袋，似真似幻地记起，站在面前的男人他曾经在哪一年的漕河泾监狱里见过。他于是支起身子说，丽春，这人是不是鲍三？

丽春站在鲍三身后的那棵石榴树下，一阵秋风正好将他头顶的树叶吹响，他张开嘴，像一颗石榴那样地笑了。

鲍三也那样微笑地看着陈陌生，好像他和这个久别重逢的男人已经神交了好多年。等到丽春给陈陌生泡上一杯咖啡时，他才从口袋里摸出一枚绿色的筹码，又提笔在上面龙飞凤舞地写出了一个走字。陈陌生接过那枚筹码，会心地笑了。他说鲍三，我刚才已经想起那天就是你。随后他又举起那枚筹码，盯着它看了很久，任凭许多往事迎面撞上来。很久以后，他才有点疲倦地对丽春说，你们是不是故意要让我想起郭走丢？

陈陌生后来一口喝完那杯咖啡，他扭了扭脖子，声音就突然变得有力了。他说鲍三，莫奈尔茶楼外的那一枪也是你开的吧？丽春无比惊讶地看着鲍三，看见他还是那样温吞地笑着，嘴里却说，那一枪是张小姐开的。

张小姐就是和鲍三一起过来的那个女人。那天，她一直和陈陌生离得很远。她就坐在那棵石榴树下，始终望着远处云朵翻滚的天边。在随后到来的一场悠远的沉寂里，陈陌生透过映在她眼中的云雾才终于记起，这人是叫张笑梅。而就在几个月前的一场上元节游园会上，是他开枪送走了张笑梅的父亲张大林。

8

我是丽春。我记得陈陌生后来走到我家那棵石榴树下，抽出他腰间的短枪送到了张笑梅的手里。他的声音很清晰，他说张小姐，我当初用的就是这把枪，你现在就可以动手了。

可是张小姐安静得如同一碗水。她掂量着那把枪，将它举到胸前，又伸出左手托起枪把。然后才迎着陈陌生空洞的目光说，陈先生，事情我还记得，但道理我懂。等她说完，我才发现被她拔出的弹匣和子弹已经全都散落在了地上，像一地的花生。

我后来才知道，张笑梅那时虽然是鲍三所在的上海共产党地下支部委员，但她的公开身份是梅机关的职员。她是荒木惟信任的华人秘书。一个月前，荒木惟在弹完一首钢琴曲后拍拍眼前的一堆材料说，张小姐，我们替你报仇的日子已经为时不远了。

张笑梅于是在当天夜里就潜入了荒木惟的办公室。打开保险柜后，她看见那个资料袋里保存的是一份投诚笔录，一个名叫许仙的男人将能够说的都给说了。

张笑梅依旧坐在那棵石榴树下，说话的样子总是让我想起郭走丢。事实上，她之前就是和郭小姐一起给《大美晚报》写稿子的，她们还一起租住过一个亭子间。同郭小姐一样，张笑梅也不怎么愿意回家见到自己的爹，所以她爹张大林在那几年里就更加想念这个女儿。七七事变的那天，郭小姐整夜没睡，她在亭子间里抱着一个枕头坐到了天明，仿佛那个夏天异常寒冷。她同张笑梅说，你我都应该做点什么，不然，日本人会以为华北也是一份可以随时打包带走的糖炒栗子。张笑梅始终安静地望着郭小姐，一直到凌晨，她的那双眼还是一眨不眨。在拍落了纠缠在郭走丢眼前的一只讨厌的蚊子时，她盯着手里如同一粒朱砂痣的血说，姐我听你的。

我记得那天的最后，张笑梅为我们提供了一个很有价值的信息，她说你们能理解"2375A0469T"这组密码吗？陈陌生怔了一下，抬头后便有点茫然，他说在我们的密码本里，这就是我的名字陈陌生三个字。张笑梅并没有感觉太多的意外，她只是说，那你们更要防范梅机关的另外一个人，他叫浅见泽，似乎已经掌握了你们的密码本，我看见他经常敲打这组摩斯码。

送走张小姐后，我便看见陈陌生眉头紧皱，他说得赶紧让陆大安给重庆发报。我于是在这

天的下午赶去了陆大安的家里，将一张译好的
电文纸交给他，那上面的意思是要告诉重庆方
面，尽快通知苏三省再次见面的时间和地点。
我那时想，陈陌生用这样的方式去联系告知隐
藏在上海的苏三省，他可真是走了一招险棋。

后来的事实证明，的确有更多的意外在等
着我们。不得不说，那还真是一个多事之秋。

9

陆大安当着丽春的面发完了那份电报，他连续发了三
次。等他将耳机摘下时，丽春看见，他的手心里都是汗。
丽春想，但愿这份电报不要被那个名叫浅见泽的男人给截
获。他后来又想，日本人的名字可真是拗口。不是铜钱的
"钱"却偏偏是深浅的"浅"。陆大安后来问，丽春兄弟，
你在想什么？丽春抬头说，我怎么没见到嫂子？

这天正是礼拜三，离陈陌生约定同苏三省见面的时间
还有两天。陆大安是在送走丽春后才前往南洋路上的惠风
幼稚园的，冯真真在那里当一名保育员。一路上，陆大安
有点心神不宁，他似乎担心会有什么事情要发生。他后来

在幼稚园的那排刷了油漆的栏杆外站了很久，看见冯真真在一幢平房里进进出出，捧出一摞摞孩子午睡用的小棉被，将它们一一翻晒到宿舍窗口外的那张水泥台上。秋日的阳光比较饱满，晒出了棉花的气息，这样的气息容易让人想起一些陈年往事。陆大安后来看见冯真真抬起手背，揩了一把额头上沁出的细密的汗珠。冯真真挺起腰身时，陆大安便觉得她的背影看上去是日益浑圆了，像一只瓷瓶的样子。有那么一刻，他想穿过那排铁栏杆，悄无声息地走上前去，然后在冯真真的身后直接将她安静地抱起。他知道，那样他抱住的就还有冯真真肚里的孩子。

冯真真回头时，便看到了过来接她的陆大安。她一阵欣喜，在那片干净的草地上奔走得有点急，嘴里像是含进一缕新鲜的阳光说，你今天怎么来得这么早？

陆大安浅浅地笑了。他将一张纸条隐秘地塞到冯真真的手里，然后轻声地说，我在外面等你。

冯真真点了点头，她说嗯，我知道了。

惠风幼稚园宿舍房的甲区是女生区，西北角的95号床位是十来天前刚为一个新生添加的。冯真真记得，那女孩叫葡萄，来上海两年多，国语说得有点生硬。

冯真真喜欢葡萄每天摆在床角处的那个人造皮书包，它就像个小背囊，十分安静地靠在角落里，仿佛是睡着了。冯真真回头看了一眼身后，然后才打开书包的搭扣，将陆大安给她的纸条异常小心地塞进了书包的一个夹层里。同上次一样，纸条上写的只是一串数字。冯真真知道，那是陆大安的秘密，她不会去问，也不应该去问。而且即使是问了，自己的男人也不会告诉她答案。因为陆大安说过，他和陈先生一起在做的是一番隐秘而伟大的事业，就比如是要在暗夜深处点燃一团烛光。冯真真相信并且支持自己的男人，就像她相信葡萄她们入睡时诚实的鼾声。

冯真真后来才从陆大安的嘴里听说，这天的早些时候，陈先生的助手丽春曾经来过自己家里一趟。那么，那张纸条就是他们共同的秘密。冯真真觉得，哪怕是为这些男人递上一根火柴，心里也会觉得踏实。

那天的傍晚，汉口路北侧的画锦里小区里，天还没有完全黑下。苏三省刚刚读完一张《申报》时，便听见窗台上响起一阵翅膀的拍打声。他靠近窗台，看见的是一只咕咕叫唤的鸽子，它的羽毛有着紫檀木般的颜色，一双亮眼正专注地凝视着自己。

苏三省捧起那只鸽子，拆下绑在它脚环处的一团青灰色的布条。他知道，那里有他需要的信息。

苏三省后来眼看着布条燃烧的火焰渐渐熄灭，最后只留下了一缕袅娜的青烟。等他抬头时，发现四周已经灌满了含糊的夜色，而凉风也在瞬间灌满了他敞开的衣领。

10

周五还是一个平常的日脚。

这天清晨，苏三省变得非常忙碌。他起得比往常早了许多，将房间打扫干净后又擦拭了一回桌椅。他还将窗帘给严严地拉上，不让它透出一丝光。然后他把书桌上那台留声机亭亭玉立的喇叭转向了正对窗口的位置。温暖的灯下，面对那沓堆放整齐的唱片时，苏三省犹豫了很久。最终他还是决定将这个清晨交给余叔岩的唱腔。黑胶唱片转动起来时，他便看见起伏的唱针像是在这个清晨开启了一场黑土地上的翻山越岭：

> 我本是卧龙岗上啊散淡滴人，
> 论阴阳如反掌保定乾坤。
> 先帝爷呀下南阳御驾三请，
> 算就了汉家滴业啊鼎足三分……

苏三省后来在弄堂里赶路时才记起，那是百代公司十三年前就出的一张老唱片。

张笑梅这天是提前来到单位上班的。七点三十分，她看见荒木惟和浅见泽相继走进了伊藤骏的办公室。没过多久，两人又一言不发地退出了那扇门。此时，梅机关院子的那片空地上，一辆载着二十来号宪兵的篷布卡车已经等候多时，司机甚至没有让车熄火。

然后，还没到八点钟的上班时间，在荒木惟黑色小车的带领下，宪兵队的那辆卡车像笨重的乌龟一样缓慢爬行，驶出了张笑梅的视线。

张笑梅是在九点三十分时决定提起竹壳水瓶去茶房里打水的。同往常一样，她在走廊上步态娴静，碰见每一位同事时，笑容都如春风般掠过。其间，她还用日文和译电室里年轻的秋子小姐聊了几句上海的气候，因为她发现对方的脸颊上有一片不易察觉的死皮。她说秋子小姐，我们上海的秋天是不是比你家乡的那个海岛要干燥许多？秋子小姐觉得这句细心的问候暖在心里，所以她淡淡地摇了摇头，毫不掩饰自己的无奈，对着张笑梅微笑得像一池忧伤的湖水。也就在这时，张笑梅观察到，荒木惟和浅见泽办公室的门依然紧闭，有一两封普通信件以及当天的报纸都还躺在门缝里。

张笑梅回到自己的办公室，她给父亲送她的那个小巧精致的陶瓷茶杯倒了半杯水，随后就开始收拾整理起那些散乱的文件。她后来迅速用微型相机拍下了当天的一份机关简报，其中的一则消息是日军独立混成第十六旅团正准备大举扫荡陕北绥德的八路军一二〇师三五九旅。紧接着，她又提起电话话筒，将它搁在了桌台上。

到了十点钟光景，梅机关里的秋子小姐正要去给窗外的一丛菊花浇水，她看见张笑梅正常地锁门，整理好她生机盎然的波浪发型后才转身离开。

画锦里小区的居民们轻而易举地记得，这天上午的八点钟过后，他们看见一个朴实的用人推着一把轮椅走向了弄堂深处。坐在轮椅上的是一个风烛残年的老人，脸上千沟万壑，嘴角还挂满了亮晶晶的口水。为了抵御风寒，用人在他身上盖了一条厚厚的毯子，并且尽量拉低老人的帽檐，让它能多包裹一些老人敞露在秋风中的脸。看上去，老人就像是一只风烛残年的猫。

居民们诧异的是，在将老人推到角落里一片橘黄色的阳光下后，那个用人不知怎么的就消失在了弄堂的一个拐角处。

　　陆大安就是在此后的半个小时左右来到画锦里的，一路上，他一边看表，一边寻找着55号的门牌。在丽春的眼里，他很像是从异乡赶来这里找一门亲戚的。

　　陆大安最终在55号的门前停住了脚步，屋内传出的那阵连绵起伏的京剧声里，他回头看了两眼身后。陆大安敲了敲门，却发现那扇门原来是虚掩的。他于是不假思索地抬腿走了进去。因为丽春那天告诉他，周五上午的九点钟前，大家各自分头赶往电报上的这个地址，去与苏三省见面。

　　　我是丽春。坐在轮椅上装作中风的那个老人其实是我假扮的。还有，推我到角落里晒太阳的就是杨忌食。远远地，我看见陆大安的背影若无其事地走进了那扇门。我想，他或许已经和苏三省打上招呼了。

　　　画锦里小区的居民们看见我一双手藏在毛毯下，他们不会想到，其实毛毯里还藏着一把枪。我在那里坐了很久，因为不能乱动，双腿都酸麻了，所以我不得不很小心地活动了一下腿。但没想到的是，就是这么一个细微得像灰尘一样的动作，让杨忌食的半张毛毯从我的腿上滑落了下去。我眼巴巴地望着那半张垂落到地上的毛毯，装作很僵硬的身子不知该如何是好，只能低着头很无助地望着它，并且将那把枪塞到了自己的屁股底下。也就是在这时，停留在视线里的毛毯边上突然就出现了一只我很是熟悉的圆口布鞋。我之所以记得那只鞋，是因为它的外脚背处是缝补了一片很难看的碎花布的。我有点诧异地将头抬起，几乎就要欣喜地叫出一声秦师傅。但秦师傅那时并没有朝着我看，他侧转身子，将拉在手里的黄包车停了下来。他抽出那只踩上毛毯的右脚，又弯下身子将垂落地上的毛毯重新盖回到我的腿上。那时，我看见他的一双眼好像时不时望着远处的55号。

我就将头垂得更低了，似乎能听见自己的心跳。我担心秦师傅会认出我，从而给这一天的接头行动带来什么意外。当然，我更希望杨忌食这时能快点过来将我推走，因为我看见秦师傅走开没多远后，竟然盘腿坐在石板路沿上点起了一根烟。

可是杨忌食这家伙却不知道跑哪儿去了，一直到秦师傅坐那儿掐灭了第三根烟头，我还是没有见到他的身影。然后我见到的却是陆大安从那扇门里走了出来，他朝四下里望望，看上去一副很憔悴的样子，转头后就往另外一个方向走开了。我想不对啊，我哥陈陌生不是还没过来吗？

也就在这时，秦师傅甩掉了肩上那条发黄的毛巾，一脚踩上了堆在身下的三根烟头，径自朝着55号冲了过去。我看见弄堂里突然冒出了好多人，他们虽然都穿着各式各样的衣裳，但一看便知是训练有素的。

我着实被这一幕给吓住了，刚想抽出藏在屁股底下的手枪向屋里的苏三省鸣警时，身后却突然伸过来一双手，他推着轮椅上的我直接转了一个圈，然后就奔跑了起来。我知道，这回该是杨忌食回来了。

那天，荒木惟看见冲到55号门前的浅见泽突然停住脚步。他抬起右手，示意身后的人员不要急于靠近。

浅见泽掏出手枪，轻声拉开了保险。他听见屋里那出

185

漫长的京剧就快要被余叔岩给唱完了，剩下的就是"俺诸葛怎比得前辈滴贤人啊，闲无事在敌楼啊我亮一亮琴音，我面前缺少个知音滴人"。

浅见泽就是在余叔岩唱出的那两声"知音"时彻底转身的。他淡淡地望了一眼身边的荒木惟，像是无可奈何又声音沙哑地说，好一场《空城计》。

荒木惟一挥手，几个手下便猛地抬腿踢开了门板。不出浅见泽所料，摆在荒木惟眼前的只是一间空如巷口般的屋子。四周虽然一尘不染，但主人显然已经带走了该带的行李。

11

陆大安在这天回去的路上抱紧了自己的身子。

就在刚才，他一直独自坐在苏三省的房里。余叔岩的《空城计》又唱完一遍后，唱片开始在他眼前空转，在那阵梧桐落叶般的沙沙声响里，他百思不得其解。他想他既没有见到这间屋子的主人，也没见到陈陌生和丽春他们过来。所以他有点焦虑地站起身子，在唱机前擦了一把汗后又急躁地将唱针杆抬起，让它重新掉落到了唱片上。

离陈陌生约定的时间已经过了一刻钟，陆大安感觉越来越慌张。他在细密的胡琴声和梆子声里疲倦地望了一眼墙上的挂钟，仿佛看见了舞台上涂满油彩的一张狰狞的大花脸。但挂钟的时间和自己腕上的手表竟是吻合的，所以他在雨点般敲打的锣片声里让自己继续等了五分钟，这才满脸沮丧地拉开了那扇门板，将余叔岩的虚张声势留在了自己的身后。

秋风迎面撞上来时，陆大安看见的似乎是一个虚无缥缈的上午。

事实上，就在陆大安的身影出现在画锦里小区之前，苏三省其实早已通过一扇隐蔽的后门离开了那间屋子。没有人会知道，除了行李箱子，看上去游手好闲的苏三省的手里还提着一个鸟笼。那鸽子惊讶地望着笼外的一切，它晚霞般的羽翼上又散落着星星白点。苏三省知道，这鸽子的主人陈陌生是叫它火凤凰的。

陆大安后来差点迷失了方向。他最后诚惶诚恐地踩上通往自家的最后一节弄堂时，心里却生怕前面的哪个路口会不会突然又闯出一个身影。他记得，丽春那次通过贴在墙上的暗语约他在外见面的第二天，也是在这段路上，忽然就有辆黄包车挡住了他面前狭窄的过道。他刚想避让时，车夫却伸出一把枪迅速顶住了他的太阳穴。陆大安并没有慌张，他听见那人说，我叫浅见泽，我的枪里有六发子弹。它们让我告诉你，你没得选择。

陆大安笑得有点委婉。他看着浅见泽身后的那辆黄包车，声音平稳地说，哪怕你有一车的子弹，我也只有一条命，你要就拿走吧。

浅见泽也笑了，他甚至略微放低了枪口，左手抚摸了一把如青橄榄般光润的下巴说，我听说惠风幼稚园里，冯真真小姐身上也有两条命。

陆大安瞬间被惊呆了，他觉得钻进耳朵的这句话比子弹还猛，身子里所有的力气被抽得一干二净。在虚弱地靠上了背后的一根木头电线杆后，陆大安勉强支撑住自己，又听见那些奔走的电流从电线杆上传出苍蝇般的嘤嘤嗡嗡声。他知道，自己这时的笑容其实十分难看。所以他牵动嘴角说了一句，需要我怎么做？

浅见泽再次笑了。他将枪收起，吹了一口并未冒烟的枪管说，惠风幼稚园今天刚刚插班进了一个女孩，她以后每天的午睡就在冯小姐管理的宿舍区里。

那天的后来，在陆大安的家里，浅见泽用随身携带的微型照相机拍下了陆大安藏在家里的电台密码本。可是就在他走出陆大安的卧室时，冯真真回来了。浅见泽笑得有点僵，他回头看了一眼陆大安。陆大安于是仓皇地上前，他对冯真真眉眼闪烁地说，这是秦师傅，陈先生让他过来给电台换电子管的。

陆大安终于还是一路平安地回到了家里。推开门时，他想他得给冯真真留一张纸条，然后就要赶紧去梅机关一趟，找上那里的浅见泽，将这天上午发生的一切给解释清楚。他知道，这么长的时间里，惠风幼稚园的门外，浅见泽的手下一直跟踪盯梢着毫不知情的冯真真。所以，他们早就已经是插翅难飞。他静下心来，在纸上写道：真真，非常遗憾，我们中间出现了叛徒，陈先生可能会怀疑是我。所以我要避开一阵。相信我，等我回来。

陆大安是在写完纸条时才听见了卧室里的脚步声的，他没想到，浅见泽来得这么快。于是声音志忑地说，浅见君，你出来听我解释。

眼前的门帘终于被缓缓拉开，陆大安这才擦了一把汗。可是他没想到，出现在他眼前的竟然会是陈陌生。陈陌生提着那个装有电台的箱子，眼睛并没有望着他，只是说，我就是想过来听一下你的解释。

12

和荒木惟一样，浅见泽也想不明白这天的问题到底出在哪里。他一路上沉默得像棵枯败的树。

车子在梅机关的门口停下，浅见泽依旧停留在纷繁的思绪里，他似乎都忘记了自己该下车。一直等到司机将车子熄火，坐在前排的荒木惟转头向他投来疑惑的一瞥时，他才终于灵光乍现般地问起，你的那个女秘书叫什么？

五分钟后，荒木惟在秋子小姐诧异的眼神里一脚踹开了张笑梅的办公室。浅见泽那时看见，退到走廊尽头的秋子小姐的一张嘴似乎能塞进一枚青光光的橄榄。他于是想，和早已离开这里的张笑梅相比，这个来自北海道的秋子小姐的确要单纯许多。而他那时却希望再过十来年以后，他的女儿也会成长成这样一个徜徉在自己的美丽中而又无须掌握任何心机的女性。他并且希望，自己那时还能像现在这样很是自然地叫出她的中国乳名。只是甜甜的两个字，葡萄。他想，不用怀疑，到了那个时候，身上流淌着大日本帝国血液的葡萄，已经早就成为上海这座城市的新主人。

这天中午，张笑梅只给自己选了几件简单的换洗衣物，便急匆匆地离开了自己的寓所。等她走出弄堂，来到法租界的麦琪路上，却发现几个路口已经戒严。正在考虑如何脱身时，身后有人直接抓起她的右手，并且牵着她抄了一条陌生的小道，直接拐进了西侧的赵主教路上。

张笑梅后来挽着陈陌生的手，神情优雅地推开了那家名为红斑鸠咖啡馆的玻璃门。事实上，这里才是她和陈陌生原本约定见面的地点。她只是没有想到，陈陌生考虑得比她更为周到。两天前，就在送她离开丽春老家的朱家库村村口时，陈陌生说他想就密码本一事再次进行一番队伍的甄别。不管最终事实如何，他都希望张笑梅能有所准备。

红斑鸠咖啡馆的老板娘叫李慧英。只有张笑梅知道，她其实是个日本人，在很多年前毕业于上海的同文学院。而且，她虽然是浅见泽的亲姐姐，却一直对本岛甚嚣尘上的战争计划持激烈的反对态度。所以她后来留在了上海，并且在一次回国时带走了自己的侄女。她那时对浅见泽说，你已经没有精力去关注她的成长。如果让她和你一样心里埋藏火药，我们都将是永世的罪人。

陈陌生这天叫了两杯咖啡。整整一个下午，他就和张笑梅无比安静地坐在靠街那片玻璃后的窗帘下。他们一起看见荒木惟派来的宪兵队悻悻地离开，在街道上扬起了一堆尘土。张笑梅后来还去了一次柜台，给自己的办公室打了一个电话。电话果然是通的，所以她很快就放下了话筒。她知道，那间办公室肯定已经和自己的房间一样，被荒木惟的人手翻了个底朝天。而此刻，她觉得有点愧疚的是，刚才在房间里，她竟然在匆忙间忘了带走父亲张大林生前送她的那对和田玉手镯。想到这里时，张笑梅抬头静静地望了一眼桌子对面的陈陌生。连她自己也感觉奇怪，为何在这个所谓的杀父仇人面前，自己竟然拧不起一丝仇恨？她又望着那杯并未喝过一口的咖啡，看见它们在自己的眼底荡漾开一圈圈的波纹。

许多年后，张笑梅依然记得红斑鸠咖啡馆里那阵此起彼伏的哥伦比亚咖啡浓香。她并且记得自己那时仿佛感觉到，那个下午恰到好处的沉默，就是她和陈陌生两人之间最好的语言。

宪兵队和工部局巡捕房的戒严是在夜里解除的。陈陌生那天目送着张笑梅坐上鲍三拉来的黄包车，心中不免涌起积压了多时的各种愧疚。他想，自己是不是再也无缘见到这个女人。而就在刚才，张笑梅跟他提起延安。她说离开上海后，那个窑洞密布的地方将会是她的下一站。因为就在几个月前的7月20日，延安杨家岭的中央大礼堂里举行了中国女子大学的开学典礼。那时，张笑梅的眼里铺满了喜悦，她说有机会去那边看我，延安欢迎你。

这天夜里，浅见泽第一次觉得，上海的秋天也是冰凉的。他在下午三点去过一次陆大安的家里。那时，工部局的巡捕正从房里抬出陆大安的尸体。带队的英国探长威尔逊抽了抽鼻子，又抖抖那把刚从尸体手里掰下的沾满血迹的手枪，用不是很标准的汉语说，没什么好查了，这家伙是开枪自尽的。大家都散了吧。

浅见泽在警车前掏出口袋里叠得整整齐齐的手帕，将它掩上了自己的鼻子。他之后又开车去了一趟惠风幼稚园，提前接走了葡萄。那时，冯真真从后面追了上来。她不能理解，为何葡萄才待了这么几天就又要转学了。冯真真笑得很甜，她对浅见泽指了指挂在葡萄背后的那个人造皮书包。她说中午的时候，陈先生来过一趟。他让我转告你，他在那里给你留了言。

浅见泽感觉冯真真的声音仿佛从天空中掉下来似的，显得那么地不真实。然后她又接着说，陈先生是个好人，他还给我们留了一笔钱。听完这句话，浅见泽对冯真真鞠了一个躬，他什么也没说，只是在那场渐已稀薄的阳光里，让自己心事忐忑地退出了校园。

夜里，浅见泽一直等到葡萄熟睡后才将那张纸条翻出。可是他没有想到，陈陌生留给他的只是一句暗语：2375A0469T。浅见泽于是给自己披上了一件厚厚的秋衣。

几乎是在同样的时间里，陈陌生和丽春他们在大方旅社里见到了这天上午刚刚住进来的苏三省。当丽春看见窗台上那只笼子里自命不凡的火凤凰时，他似乎一下子明白了许多。丽春后来又听说，那天军统局重庆总部的译电员王庆莲接到陆大安发来的电报时便陷入了无助和彷徨。因为她们知道，苏三省的身边并没有电台，她们也没有另外的渠道去通知苏三省和陈陌生见面的具体时间与地点。译电员王庆莲后来将这份电报直接呈送到了戴局长的办公室。但戴局长却只是看了两眼就笑了，他说你们还是忘了这件事情吧，陈陌生这么做，肯定有他的道理。只要他在上海，咱们的上海区重整计划就没有不成功的道理。

13

多年以后，回到日本又辗转美国的伊藤骏在构思他的那本名为《黄浦江川流不息》的回忆录时，常常会想起这样的一幕：自从大唐行动队离开浅见泽的监控视线后，浅见泽便显得异常地消沉和怪僻。他经常一个人在办公室里来回走动，嘴里喃喃有声地说，陈陌生，你到底躲在哪里？像你这样一只胆小的老鼠，你没有勇气面对我！

当然，所有的这一切，伊藤骏后来都没有写进自己的回忆录。而其中的另外一个原因是，很多的细节他只知一二，并不能详细地补充完整。

这一年的圣诞节快要到来的时候，上海的《大美晚报》上突然刊登了一则令人费解的消息：梅机关特务科少佐浅见泽先生向一个名叫陈陌生的中国男子喊话，他要对方尽快现身，与他展开一场面对面的决斗。否则，他将下令极斯菲尔路76号的特工总部在每天凌晨处决一个之前被捕的军统分子。

丽春和苏三省都见到了这份报纸，并且他们听说浅见泽真的就开始那样做了。第一天里，他砍下了一个军统人员的四肢，将它们扔给了76号里的一群德国狼狗。

可是到了第二天，丽春和苏三省却在《大美晚报》差不多是同样的位置上看到了另外一则消息。在那份简短的文字里，有人告诉浅见泽，你就别指望再见到陈陌生了，因为他早就坐船辗转回重庆去了。而去报社刊登这则消息的据说叫张笑梅，她曾经是《大美晚报》的一名专栏女作者。不过，也有一种说法是，那人其实是每天跑在上海街头的一个籍籍无名的黄包车夫，名字叫鲍三。

圣诞节说来就来了。那天晚上，上海下了一场很应景的雪，赵主教路上霓虹灯跳跃的红斑鸠咖啡馆里，老板娘李慧英看见自己的弟弟浅见泽牵着女儿葡萄的手推开了眼前的那扇玻璃门。浅见泽举起一双羊皮手套，拍落了身上一层单薄而零碎的雪。李慧英觉得，他那副心灰意冷的样子，似乎对这个节日里咖啡馆洋溢着的温暖和喜庆视若无睹。

令浅见泽感觉奇怪的是，姐姐这天的留声机里竟然来回播放着一首上海滩的儿歌：毛毛雨，下个不停。微微风，吹个不停。微风细雨，柳青青，哎哟喂，柳青青……浅见泽眼看着身边的葡萄跟着那首歌轻轻地舞动着。女儿告诉他，这歌的名字就叫《毛毛雨》。

李慧英给浅见泽端来了一杯咖啡，她抚摸着葡萄圆滑粉嫩的脸蛋说，是不是很好听啊？这唱片是刚才一个过来喝咖啡的叔叔送给你的，他知道你很喜欢这首歌。

浅见泽一把抓住李慧英的手臂，仓促间竟然就撞落了桌上那杯热腾腾的咖啡。他说唱片是谁送的？

李慧英拉开浅见泽那只明显用力过猛的手，说你又怎么了？我只知道那人叫陈先生。

李慧英又转身望向了靠街的那排玻璃窗，然后又在众多的客人中搜寻了一番。很久以后，她才满脸疑惑地转头回来说，奇怪，陈先生人怎么走了？

浅见泽就是在这时冲向了门外，就在姐姐说完话的那一刻，透过红斑鸠咖啡馆的玻璃门，他清楚地看见了落在不远处梧桐树上的一只绛红色的鸽子，风雪将它的羽毛吹拂起来。他这辈子永远不会忘记秋风渡阳台上的那只鸽子，因为在它晚霞般的羽翼上，落满了星星点点如雪花一般的白色。他曾经从陆大安的嘴里知道，陈陌生叫它火凤凰。

浅见泽发疯一般地追随着重新飞翔起来的火凤凰，雪花漫天舞动的夜色里，他觉得自己踩在雪地上的脚步越来越轻。所以，在那天红斑鸠咖啡馆的一些日本客人的眼里，他们觉得浅见泽是在一路欢快地奔向自己的奈良县老家。

浅见泽在特工学校当教官时训练有素的体质没让自己失望，他最终看见那只鸽子缓缓地降落到了一个窗台上。他之前就作出那样的判断，在这样的一个寒冷的雪夜里，鸽子的体力是不会支持它飞远的，而且它的速度也会减慢。

火凤凰的确是飞累了，它凝视着远处的浅见泽，嘴里不住地咕咕咕叫唤着。浅见泽终于记起，鸽子停落的窗台，就是张笑梅之前租住的那间公寓。他因此为这个圣诞节而感到庆幸，并且将右手伸进了毛呢大衣的口袋里，那里藏着他的第一把枪。

浅见泽小心翼翼地拉开手枪的保险，让它尽量不发出细微的声音。可是等他再次抬头时，他便觉得自己这回是过于大意了。就在前方十米不到的那盏路灯下，他看见了陈陌生熟悉的身影。陈陌生戴了一顶黑色的绅士帽，跨在腿下的那辆摩托车正发出低沉的轰鸣声。他显然是已经在那里等候多时，因为他的帽檐和黑色风衣的肩膀上已经盖满了雪。陈陌生打开车灯，射出的强光将飞舞的雪片照耀得如一堆羽毛，这让浅见泽忙着躲避回头。可是浅见泽却看见，道路的另外一边，朝着自己走来的正是丽春和苏三省。他于是又转头望了一眼左侧的小道，那里站着的，是杨忌食和陈塞外。浅见泽在瞬间就有了一种不祥的预感，他觉得自己可能没有办法带上女儿葡萄回日本去了，虽然他已经订下了元旦那天的船票。

枪声就是在这时响起的。丽春记得，原本安静的火凤凰突然就惊慌地腾空飞起，急速拍打的翅膀像是要给这天的夜幕挥洒下另外一场雪。

在伊藤骏1958年的回忆录里，此时的浅见泽就是因为胸怀大志才犯下了众多令人扼腕痛惜的错误，从而无法回避一场悲剧性的命运。所以伊藤骏常常感叹，理想远大并不等于前程远大。

14

民国二十九年的新历元旦，十六铺客运码头，陈陌生在苏三省的眼里踏上了一艘轮船，他要转道去重庆。汽笛鸣叫时，躺在船舱卧室里的陈陌生掏出一对和田玉手镯，他对着手镯哈了一口暖气，又抓起一块手帕将它异常仔细地擦拭起来。于是，手镯在他眼里越来越通透明亮，到了最后，简直就有了春雨过后的青草地的颜色。他想应该会有那么一天，他能将这对手镯交还给它的主人张笑梅。

那天船舱对面的铺位上，躺着一个和陈陌生一样干净体面的男人，他的一张脸被冬天的《大美晚报》挡住。就在陈陌生将那对手镯重新用丝巾包好时，听见对方和声细语地朗读起了一则新闻：失踪多日的梅机关特务科少佐浅见泽，其尸体在日前被发现。据推测，他很可能是死在军统大唐行动队队长陈陌生的手里。

陈陌生将手镯收好，但他并没有扯下对方手里的报纸，只是说，你是谁？

藏在报纸后面的男人可能是腼腆地笑了一下，然后才放下报纸说，我们早就认识，我叫荒木惟。

这时候，陈陌生的视线越过了那个船舱狭窄的门洞。他看见一队荷枪实弹的日本宪兵，踩着厚重的军靴，从甲板那边雄赳赳地冲了上来。即将远航的轮船再一次拉响悠长的汽笛。陈陌生觉得，那多么像是远处川流不息的黄浦江水啊。